마
음
오
는
길

신미식 포토에세이

푸른솔

마음 약할 때 하는 고백은 비겁한 자신을 보이는 것이다.

집으로 사람을 초대한다는 것은 그에게 마음을 여는 것이다.

책을 내고 저자가 되는 것은 대단한 사람들이 하는 게 아니라
평범한 사람들이 책을 내면서 특별한 존재가 되어가는 것이다.

prologue

여행을 떠나고 사람을 만나고 사진을 찍는다. 내가 만났던 사람들은 지금쯤 다들 잘 지내고 있는지 그들의 안부가 궁금하기도 하다. 내가 선택한 그 모든 것들은 시간이 흘러가면서 현실 같지 않은 착각을 불러일으킨다. 만약 사진이 없었다면 내 스스로도 인정하기 어려웠던 순간들도 있었다. 끝없이 많은 질문을 던지고 스스로 대답을 원한다. 이번 책이 나에게 주는 의미는 무엇일까?

오랫동안 꿈꿔왔던 사진가로 살아가고 있다. 단순히 사진을 찍는 행위가 아닌 진심을 다해 셔터를 누를 때 나는 작은 희열을 느낀다. 지금까지 얼마나 많은 사진을 담으며 살아왔을까? 셀 수 없이 많은 사진들은 모두 내가 선택한 결과물이다. 사진 한 장 한 장에는 각자의 사연들이 녹아 있다. 그 사연들을 풀어 놓는 이 책을 준비하면서 다시 그때로 돌아가는 상상을 한다. 마음을 열고 다가갔던 많은 인연들, 그들과 나눴던 따뜻한 대화와 그들의 눈동자를 사진으로 보여 줄 수 있었으면 좋겠다.

포토에세이란 이름으로 세상에 선보이는 이 책이 주는 의미를 나는 안다. 비록 많은 사람들의 선택을 받지 못한다 해도 불편하지 않을 만큼 최선을 다했다. 30년 동안 누볐던 많은 길, 그리고 한쪽 어깨가 내려앉도록 메고 다녔던 카메라의 무게감이 이 책에 녹아 있다. 내가 먼저 이 책을 사랑하고 내가 먼저 이 책의 모든 것을 받아들였다. 이 책을 펼쳐 들 독자들에게 결코 부끄럽지 않은 책이 되었으면 좋겠다. 그리고 이 책을 덮을 때 새로운 여행을 꿈꾸는 사람들이 많아졌으면 좋겠다. 우리는 모두 떠나기 위해 같은 자리에 머물러왔던 존재들이었으므로…

아프리카 이야기
africa story

photo essay 10

사막과 바다가
만나는 곳

나미비아에서 바다와 사막이 만나는 곳.

세계 유일의 해안 사막이다.

자연의 불가사의한 모습을 목격할 수 있는 곳.

광활한 사막 한가운데 서 있는 나는 얼마나 작은 존재였던가?

사방을 둘러봐도 하얀 모래 언덕뿐 아무것도 보이지 않았다.

그리고 어느 순간 사구 너머 보이는 바다.

사막과 바다 사이를 가로지르는 도로.

현실 세계 같지 않은 이 풍광이 그저 신비롭다.

척박한 사막이 아닌 가슴 벅찬 감동을 주는 사막이라니.

모래 언덕을 넘나드는 바람 소리는 마치 오케스트라를 듣는 듯
아름다웠다.

아무것도 하지 않고 아무 생각을 하지 않아도 좋았던 시간.

그 시간이 존재함으로 내 자신이 특별해졌다.

마음의 문이 열리는 시간

세상에 당연한 것은 없다.
마음이 닿기까지 걸리는 시간.
그 마음이 열리고 서로를 신뢰하는 데 걸리는 시간.
집으로 사람을 초대하는 것은 마음을 여는 일이다.
그 마음의 문이 열리는 곳에서 정성을 더한 커피 한잔.
손님에 대한 마음이 커피를 따르는 손끝에서 느껴진다.
척박한 환경에서 전해지는 커피 향기.
이 한잔의 의미를 아는 사람들이 얼마나 될까?
이 놀라운 축복의 시간을 경험한다는 것.
살아가면서 가장 행복한 나눔의 시간이다.

에티오피아에서 커피를 나누는 것은 마음을 나누는 것이다.

사람꽃

만나고 헤어지는 순간.
기약 없는 이별이 슬프지만은 않았다.
외지인들의 발길이 한 번도 머문 적 없는 오지 마을.
그 순수한 영혼의 밭에 두고 온 마음은 언젠간 꽃이 되리라.
이미 그들은 꽃이었음을.
활짝 피어난 아름다운 미소를 가진 사람꽃.
나를 향해 흔들던 그 손끝을 기억하리라.
잊지 않고 기억하리라.

우린 서로를
바라보고 있구나

소리 없이 비가 내린다.

그 비를 맞으며 미동도 없이 소년이 나를 본다.

한참을 망설이다가 카메라를 들었다.

소년의 마음이, 소년의 모습이 아주 가까이 카메라에 들어왔다.

몇 년이 지났지만 그날의 느낌은 퇴색되지 않는다.

사진만이 줄 수 있는 느낌.

그날 소년은 어떤 마음으로 나를 바라본 걸까?

나는 또 어떤 마음으로 카메라를 들어올린 걸까?

한 장의 사진을 찍으면서도 이렇게 복합적인 감정이 흐를 수 있구나.

너와 나는 같은 시대를 살아가는 사람이다.

그렇기에 아주 먼 거리를 두고 살아왔고 살아가고 있지만

나는 너를 만나고 너는 나를 바라볼 수 있구나.

그것이 아주 짧은 시간이었어도 소중한 인연이었음을…

photo essay 18

바다로 가는
사람들

이른 새벽 바다로 향하는 마다가스카르 사람들.
그들이 향하는 곳을 한참 바라본다.
살아간다는 것, 그 치열함 속에는 그들이 인내하며 견뎌온
세월이 있다.
낡은 황포돗을 단 쪽배가 향하는 곳은 끝없이 펼쳐진 푸른 바다.
바다에 떠밀려가는 낙엽과도 같은 조각배를 끌고 가는
그들의 하루에 행운을 기원 한다.

photo essay 20

마음 오는 길

남자가 꽃을 들고 왔다. 커피를 대접하면서 꽃을 덤으로 선물한다. 에티오피아에서 커피 세리머니는 단순히 커피만을 대접하는 것이 아니다. 신선한 풀과 꽃으로 정성스럽게 장식한 후에 손님을 초대 한다. 손님을 위해 꽃을 꺾어 온 남자의 마음. 수줍어서 선뜻 내어 놓지도 못하면서 남자는 애써 꽃을 들고 왔다. 그렇게 마음이 나에 게 왔다.
사랑이다.
분명 그 마음은 사랑이다.

방금 피어난 꽃을 꺾는 순간부터 남자의 마음은 사랑이다.
사람과 사람 사이의 진심이 오가는 사랑.
커피 한잔에 담아내려는 그 정성이 고맙고 감사하다.

떠남과 돌아옴의 여백

집에 돌아왔다. 매번 그런 느낌이지만 집안에 들어서면 왠지 모르게 기분이 짠하다. 방안을 둘러보고 음악을 틀었다. 그제 서야 안도의 숨을 내쉰다. 집안 가득 울려 퍼지는 음악이 나의 외로움을 녹여준다. 그렇게 많은 시간을 떠나고 돌아오는 삶을 살았는데 아직 나는 적응을 하지 못한 것 같다. 당연히 아무도 없는 집인데도 누군가 있을 것 같다는 생각. 참 바보 같은 생각 이다. 그렇게 바보 같은 생각을 오랫동안 버리지 못했다. 어쩌 면 영원히 그럴지도 모른다.

이번 여행에서 인상적인 사진 한 장. 에티오피아 예가체프에 서 만난 장면. 뿌연 흙먼지가 거리를 가득 채운 오후 시간. 묘 하게 빛이 흘러내리는 순간. 모든 것이 신비로웠다. 우리 일행 을 바라보는 현지인들의 표정과 느낌. 따뜻한 빛깔의 온도가 참 좋았다. 오늘 이 한 장의 사진을 들어내며 여행의 시간을 떠 올린다.

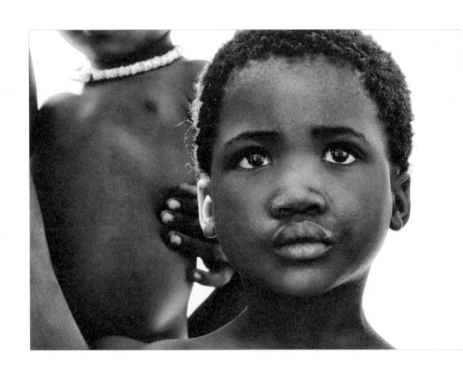

다시
그곳을 향하여

나미비아에서 돌아와 한동안 사진을 정리하지 못했다. 이유를
알 수 없지만 그냥 그대로 한동안 두고 싶었다. 나도 모르는 그
어떤 감정들이 있나 보다. 2002년 남아프리카공화국에서 처음
'부시맨'을 만난 이후로 16년 동안 나는 이들을 마음속에 품고
살았다.

좀처럼 기회를 만들지 못하다가 지난번 나미비아 촬영 때 그토
록 만나고 싶었던 부시맨들을 만날 수 있었다. 그날의 감정은
쉽게 표현하기 힘들다. 앞으로 시간이 지나면서 이들에 대한
이야기를 풀어낼 때가 올 것이다. 그것이 전시가 됐던, 책이 됐
던 간에 부시맨은 나에게 특별하다. 이 아이의 눈빛이, 바라보
는 곳이 행복이길 바라본다.

여행은 나이를 계산하지 않는 사람에겐
언제나 열려 있는 문이다.

당신은 여행자인가요?

이런 느낌이 좋다.
여행자들의 모습을 바라보는 것.
모두가 같은 곳을 바라보기 위해 이곳을 왔다.
사막을 바라보며 아침을 맞이하는 사람들.
각자가 떠나온 곳은 다르지만 분명 같은 마음이겠지.
각자가 다른 세상을 살다가 왔지만 분명 같은 생각이겠지.
각자가 세상을 살아낸 세월이 다르지만 이곳에선 모두가
같은 여행자다.
이른 아침 사막의 모래를 밟으며 이곳에 온 스스로를 대견하게
여겼을 것이다.
오랫동안 가슴에 담았던 이곳에서 자신의 발자국을 남기며
어떤 생각들을 했을까?
사람들의 표정을 살핀다.
세상에서 가장 행복한 순간을 즐기는 사람들의 표정.
여행은 그렇게 사람을 넉넉하게 만들어준다.

내가 가는 이 길이,
내가 선택한 이 길이
옳은 것인지는
자신만이 알 수 있다.

photo essay 32

안타나나리보

여행한 곳 중에 좋은 곳이 어디냐는 질문을 자주 받는다. 왜 굳이 남들이 가기 힘들어하는 아프리카인가? 글쎄, 이유가 있을까? 내 스스로 한 번도 생각해본 적 없는 질문을 사람들 때문에 생각해보게 된다. 좋은 곳이란? 결국 그리움을 남기고 온 곳이 아닐까? 그런 면에서 아프리카의 섬나라 마다가스카르는 나에게 그런 곳이다. 마음을 두고 온 곳, 그래서 시간이 지나면 본능적으로 그리움이 밀려온다.

이 사진을 전시장에 걸면서 나는 내가 걸었던 익숙한 느낌이 있어서 좋았다. 저 호숫가를 걸었고 지나가는 사람들과 인사를 나눴다. 자카란다 나무에 피어나는 보라색 꽃에 취해 흥얼거리던 노래들.

나에게 여행은 특별한 곳이 아닌 내 소소한 행복을 남기고 온 곳이다. 마다가스카르가 아닌 다른 나라를 마음에 품을 때가 올지 알 수 없지만 아직은 이 아름다운 곳을 떠나보낼 수가 없다. 한 나라를 가슴에 품고 살아가는 일, 그것은 분명 축복이다.

photo essay 34

에티오피아의 미소

에티오피아를 여행하면서 가장 인상적이었던 것은
사람들의 미소다.
낯선 이방인에게 보내는 그들의 미소는 보석처럼 빛난다.
그들의 미소에 더해 보내지는 손 인사는 또 어떤가?
에티오피아를 여행하려면 마음 문을 열고 다가가야 한다.
그들의 미소와 손 인사를 나누려면 말이다.
사진을 보다 보니 또 다시 그곳이 그리워진다.
그리움은 시간이 더해질수록 깊어질 것이다.
어느 순간 나는 에티오피아 하늘 아래를 걷고 있을 것이다.

빛과 사진

빛이 사람을 완성하게 한다. 사람이 빛에 의해 그 모습을 달리한다. 사진을 찍는 순간부터 빛은 가장 소중한 마음의 울림을 연출한다. 빛이 카메라에 들어오는 것이 아니라 사람이 카메라에 들어올 때 빛이 함께한다. 피사체와의 교감을 위해 때를 기다린다. 그리고 그들의 마음이 빛과 함께 들어오는 것을 느낀다.

늦은 오후 달려오는 오토바이도, 그 뒤를 연기처럼 흩어지는 흙먼지도 이 순간만큼은 평화롭다. 오토바이 택시를 운전하는 남자의 파이팅과 뒤에 탄 남자의 V가 정겹다. 카메라가 향한 시선은 언제나 깊어지길 바란다. 에티오피아는 그렇게 나의 카메라를 훔친다. 그 안에 담겨진 사진들이 주는 진득함을 사랑한다.

커피 한 잔

비가 오는 아침이다.
에티오피아에서 온 친구들이 떠난 지 2일째.
그들이 집에서 끓여주던 커피가 생각난다.
에티오피아 커피는 마음이 담겨야 그 맛이 난다.
10년 전 처음 맛본 그 커피 한잔이 지금까지 에티오피아를
그리워하게 하는지 모른다.
북적이던 집안의 고요가 낯설다.
커피 한잔 내려야겠다.

photo essay 40

마음 오는 길

사진가의 길

이 사진 한 장이 몇 년 동안 마음속에 들어와 자리했었다. 사진을 찍던 그날의 공기, 바람, 온도, 그 모든 것들이 생생하다. 그리고 길게 뻗은 길을 담담히 걸어 일터로 향하는 사람들의 모습. 2년이 지나서야 파일을 겨우 열어볼 수 있을 만큼 나에겐 소중한 사진이다. 사진을 찍는 내내 가슴이 쿵쾅거려 힘들었던 시간. 어쩌면 사진가에게 가장 행복한 순간이 아닐까 생각한다. 그 순간을 즐기기 위해 나는 30년 가까이 카메라를 곁에 두었는지 모른다. 그 소중한 시간의 기록을 세상에 내어놓을 수 있어서 감사하다.

몇 년 동안 컴퓨터에 저장된 파일을 꺼내는 순간 그날의 감동이 떠올라 나도 모르게 한숨을 내쉬었다. 솔직히 잘 모르겠다. 이 한 장의 사진이 나에겐 감동이었는데 나 아닌 다른 이들에게도 감동으로 다가갈지. 사진을 찍는 것은 다른 사람에게 보이려는 쇼윈도의 행위가 아니라 내 자신과의 정직한 소통이 우선이다. 이 한 장의 사진이 전시장 벽에 걸리고 한 권의 책 표지에 실린다. 그렇게 되기까지 걸리는 시간, 그리고 선택과 집중. 때로는 두렵고 걱정되지만 그건 사진가로서 가져야 할 숙명인 것이다. 진정한 사진가의 꿈은 좋은 자기만의 사진이 실린 작품집을 갖는 것이다. 그 한 권의 작품집을 위해 힘겨운 시간들을 인내하며 가는 것이다.

나는 아직까지 내 마음에 드는 사진 한 장 얻지 못했다. 어쩌면 평생 그렇게 한 장의 사진을 얻기 위해 살아가야 할지도 모른다. 그래도 가슴 뛰는 이 한 장의 사진이 지금으로선 나에게 큰 위로다.

photo essay 44

이 나라를 사랑하다

에티오피아가 얼마나 아름답고 멋진 곳인지 사람들은 모른다.

아무리 많은 이야기를 해도 이해하지 못한다.

그 땅을 직접 보지 않고 판단해버린다.

정확하지 않은 정보들로 머릿속을 채운다.

그것은 무지다.

그것은 한 나라를 스스로 작은 주머니에 가두어버리는 것이다.

결코 꺼내지 못할 주머니에 가두는 순간 스스로 제한된 영역을
만들어가는 것이다.

여행은 내 안에 제한된 영역을 스스로 허무는 과정이다.

에티오피아를 12년 동안 20번 여행했다.

그럼에도 나는 계속해서 깨어가고 있다.

내 스스로 가두어버린 제한된 생각들로부터 깨어나기 위해서.

이 작업이 언제까지 계속될지 알 수 없다.

어쩌면 평생 동안 나는 이 나라를 이해하지 못할지도 모른다.

그냥 이 나라가 좋다.

머리가 아닌 가슴으로…

타나 호수

에티오피아 바히르다르 지역에 있는 타나 호수.

해발 1,788m에 위치한 이 호수는 크기가 서울 면적의 6배 정도다.

이 호수에서부터 우리가 익히 알고 있는 청나일강이 시작된다.

끝이 보이지 않는 수평선 위로 작은 배들이 점을 이루며

어딘가로 향한다.

호수 안에는 작은 37개의 섬들이 존재한다.

그 섬에는 20여 개 정도의 수도원들이 있다.

호수에 있는 수도원을 방문하는 현지인들에게 이곳은

더없이 신성한 장소다.

수도원을 방문하고 나오는 길.

드넓은 호수 위에 떠 있는 작은 배 위에 사람들이 가득하다.

저들도 나와 같이 수도원을 가는 걸까?

이들의 삶과 신앙.

신에 대한 순수한 마음이 느껴진다.

에티오피아 사진집

2008년에 출판한 에티오피아 사진집을 책에 사진이 실린 토모카 카페에 가져가 선물로 전달했다. 카페 관계자들뿐만 아니라 손님들까지 순식간에 몰려들어 신기한 듯 책을 넘겨본다. 그리고 본인들이 아는 지역이나 장소가 나오면 소리 높여 "나 여긴 알아!"라고 자랑하듯 어깨를 으쓱거린다. 에티오피아에서 사진집은 흔치 않다. 책을 보다가 내 얼굴을 다시 한번 본다. 그리고 고개를 갸우뚱거린다. 자기 나라를 찍은 작가가 직접 전해준 사진집이 마냥 신기한 사람들. 여행을 가는 것이 쉽지 않은 이들에게 책속의 세상은 얼마나 흥미로울까?

책은 그래서 소중한지도 모른다. 사람들이 모여 같은 마음으로 세상을 바라보는 시간을 갖는 것. 에티오피아를 처음 여행하고 10년이란 세월이 흘렀다. 다시 10년의 기록을 준비하고 있다. 우리나라에서만 아니라 에티오피아에서도 사랑받는 사진집이 되었으면 좋겠다.

예배의 시간

에티오피아 사람들에게 종교는 그 자체로 삶이다.
내가 처음 에티오피아에 빠져들었던 이유 가운데 하나가
이들의 예배하는 모습이었다.
신앙에 대해 깊게 생각하게 된 시간.
이들의 여유로운 미소는
이들이 믿는 종교에서부터 시작된다고 생각한다.
믿음이란 그런 것이다.
아픈 나를 내려놓을 수 있는 힘.
에티오피아가 나에게 특별한 건 사람들의 순수함이다.

photo essay 52

행복에 빠지다

아이들과 사랑에 빠지는 데 걸리는 시간 1분.
이 짧은 시간 아이들의 마음은 이미 나에게 와 있다.
나는 그저 함께 손을 흔들어주면 되는 것.
아이들의 빛나는 미소가 떠나지 않는다.
내 등 뒤에서 들려오는 웃음소리.
지친 걸음에 힘을 실어주던 그 소리를 기억한다.
10년 전 이 아이들을 만났지만 아직도 생생하게 기억되는 건.
아마도 행복해서였을 거다.

수단에서의 하루

수단의 황량한 사막을 달리다 길가에 있는 작은 카페에 들어갔다. 사실 카페라고 하기엔 너무나 척박한 모습. 거친 흙바닥에 몇 개의 낡은 테이블과 의자가 전부였다. 모래바람이 심한 지역이어서 작게 만들어진 창문을 통해 옅은 빛이 들어왔다. 어두컴컴한 실내에 들어서니 사람들이 모여 있다. 낯선 동양 남자의 등장에 안에 있던 남자들의 시선이 꽂혔다. 하긴 이 척박한 사막 한가운데 동양인이라니. 커피는 없고 홍차를 주문했다. 마실 때마다 모래가 씹혀 나온다. 사람들의 예리한 눈빛에 신경이 쓰여 차를 어떻게 마셨는지. 금방이라도 달려들 것 같은 사람들의 표정과 말투.

빨리 이곳을 벗어나야겠다는 생각에 급하게 차를 마시고 밖으로 나왔다. 지금도 생생한 그날의 분위기를 잊을 수 없다. 눈을 뜰 수 없을 만큼 불어오는 모래바람. 그리고 그 속을 고개 숙인 채 걸어가는 사람들의 힘겨운 걸음. 허가증 없이 도시를 벗어났다는 이유로 여권을 압수당한 채 경찰 검문소에 잡혀 있었던 몇 시간의 공포. 돌아갈 수 있을까?란 생각만이 머릿속을 어지럽혔다. 벌써 몇 년 전의 일이건만 난 아직도 그날의 기억 속에서 수단이라는 나라를 빼내지 못하고 있다.

삶

산다는 게.
자기 자리에서 최선을 다하는 사람들의 삶을 들여다본다는 것.
비록 여행자의 시선이지만 노동의 현장을 보는 것만으로도
숙연해진다.
나는 언제 저들처럼 온몸을 다해 일을 했던가?
카메라 셔터를 누르는 것조차 미안했다.
10년이 넘게 마다가스카르를 여행했지만 처음 본 주물 공장.
그곳에서 작업에 열중하던 사람들의 깊은 호흡.
아직 내가 보지 못하고 느끼지 못한 것들이 참 많다는 것을
새삼 느낀다.

에티오피아의 다양한 삶

에티오피아는 다양한 삶의 모습들을 볼 수 있는 곳이다. 이 나라는 자주 여행해도 그때마다 색다른 모습들을 볼 수 있다. 지금은 건기 철이라 푸른 들판을 보기 힘들지만 끝없이 펼쳐지는 황금빛 들판이 깊은 매력을 더해준다. 한 나라를 이해하려면 다양한 계절을 접해봐야 한다. 지금은 한 해 농사를 마무리하는 수확의 계절이다.

아프리카는 무조건 더울 거라 생각하는데 오히려 춥다고 느껴질 정도로 선선한 날씨가 많다. 지금 이곳 에티오피아의 남부 도시는 아침 기온이 영상 19도 정도로 선선하고 낮엔 영상 27도 정도로 한국의 가을 날씨와 같다. 어제까지 있었던 발레마운틴 지역은 밤에 한기가 올라와 패딩을 입고 자야 할 정도로 쌀쌀하다. 아프리카를 와본 사람들은 안다. 아프리카는 더운 것이 아니고 뜨거운 거라고…

시골마을에서 우연히 만난 웨딩퍼레이드는 이곳에서 처음 보는 모습이었다. 도시에서는 웨딩퍼레이드에 고급 자동차를 렌트하는 것이 부의 상징이다. 자동차의 수가 신랑의 재력을 보여주기 때문에 무리해서라도 고급 자동차를 빌려 퍼레이드를 한다. 어제 만난 시골마을에서의 웨딩퍼레이드는 자동차가 아닌 말들의 행진이었다. 신랑 친구들이 신랑 신부를 태운 말을 호위하면서 소리를 지르며 그렇게 하루 종일 동네가 떠들썩할 정도로 퍼레이드를 하는데 그 모습이 정말 장관이다. 에티오피아의 문화는 다양하고 흥미롭다. 그들의 삶속으로 들어가는 지금이 내 인생 최고의 순간은 아닐까?

photo essay 60

석양

탄자니아에서 석양을 볼 수 있었던 건 행복이다.

그 순간 그 자리에서 들려오던 심장 소리.

그냥 아름답다는 말로는 부족한 시간이었다.

그래, 이게 사는 거지.

스스로를 위안하던 그날의 나를 불러낸다.

믿음(랄리벨라)

에티오피아에서 종교는 이들의 삶을 지탱해주는 힘이다.
오래 전 우리 어머니의 신앙을 보는 듯.
그들의 신에 대한 마음가짐은 신실함 그 자체다.
성경을 보는 표정과 호흡에서 느껴지는 경건함.
몇 년 동안 사용했을지 알 수 없는 성경 가방.
에티오피아의 랄리벨라에서는 그들이 가장 사랑하는 신을
만나려는 행렬이 일 년 내내 이어진다.

비상

한 장의 사진에는 수없이 많은 서터 소리와 그 서터 소리를 가슴으로 간직하는 사진가의 노력이 들어가 있다. 우리가 무심히 보는 그 많은 사진들은 어쩌면 죽음을 무릅쓰고 촬영한 사진가의 노력이 있었을지도 모른다. 에티오피아 시미엔산의 진바 폭포는 그 길이가 자그마치 500m에 이른다. 산 정상에서 떨어지는 장엄한 폭포의 모습은 인간이 자연 앞에 얼마나 미약한 존재인가를 느끼게 한다. 그 폭포 위를 날아다니는 독수리의 모습은 우아하다. 날개를 펼친 채 바람만으로 방향을 조절하는 독수리가 내 눈 아래에서 유유히 날아다닌다. 카메라의 렌즈는 끝없이 새를 쫓고 셀 수 없이 눌렀던 많은 서터는 아름다운 사진을 담아냈다. 발아래를 보면 현기증이 날만큼 아찔한 절벽이지만 내가 보는 것은 한 마리의 독수리다.

가끔 죽음보다 더 격렬하게 끌어당기는 운명 같은 순간이 있다. 나에겐 이 한 장의 사진이 모든 사람의 반대를 무릅쓰고 담고 싶었던 운명 같은 순간이다.

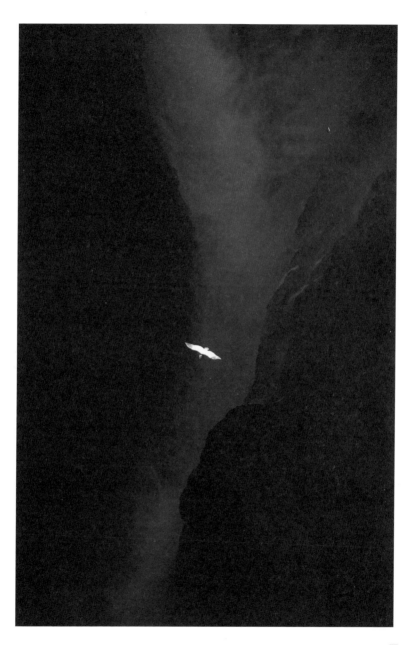

마음의 대화

교실을 들여다봤다.
수업에 열중하던 몇 명의 학생들과 눈이 마주쳤다.
아이들의 눈빛은 호기심을 넘어 함께 말을 걸어온다.
마음으로 나눈 대화는 소리가 들리지 않아도 좋다.
아주 짧은 시간 스쳐 지나는 인연.
그래도 좋았던 그날.

웃음소리

햇살이 무척이나 뜨거웠다.
그럼에도 바다는 무척 아름다웠고 그 바다와 어우러진
아이들의 모습이 보기 좋았다.
까르륵 까르륵 웃음소리가 들려왔다.
아이들에게 바다는 거대한 놀이터다.
눈부시도록 하얀 백사장에서 친구들과
즐거운 시간을 보내는 아이들.
그 아이들이 보내는 웃음소리는 행복한 노래 소리였다.
한참을 아이들을 바라보고,
그 다음엔 바다를 바라보고 그렇게 시간을 보냈다.
아무것도 하지 않는 자유를 얻고,
그 시간을 만끽했던 그날의 기억들.

미소를
나누는 아침

이른 아침 달리던 차를 세우면 낯선 사람들과 마주한다.
어쩌면 특별할 것 없는 이들의 일상이 특별하게 마음에
새겨지는 순간이 있다.
따뜻한 아침 햇살만큼이나 따뜻한 미소를 보여주는 사람들.
잠시 그들의 삶속에서 나를 발견한다.
나도 이들과 다르지 않음을, 마음이 통하는 순간들을 만날 때.
함께 따뜻한 커피 한잔을 나누고 마음의 대화를 나눈다.
입으로 내는 언어가 아닌 마음의 언어가 서로의 눈을 통해
새겨진다.
그저 미소를 지으면 새로운 친구가 되는 시간.
마다가스카르의 평범한 아침이 참 특별하다.

꿈꾸는 도서관을 세우는 일

사진가가 되고 45살에 처음 아프리카의 마다가스카르에 갔다.
그곳에서 내가 느낀 것은 아픔이 아닌 희망이었다. 그동안 우
리가 매스컴을 통해 알고 있었던 아프리카의 가난한 모습이 아
닌 행복한 아이들이 있었기 때문이다. 비록 경제적으로는 가난
할지라도 그들에게 불행한 모습은 어디에서도 찾을 수 없었다.
언제나 먼저 달려와 내 손을 잡아주던 아이들, 천사처럼 초롱
초롱한 눈망울 속에 진짜 천사가 있는 듯 사랑스러웠다. 마치
내 어린 시절 가난 속에도 신나게 뛰어놀던 나와 내 동무들의
모습이 오버랩 될 정도로 비슷했다. 가난이라는 이유만으로 아
이들이 불행하지는 않는다. 그러나 그 아이들에게 꿈과 희망이
없다면 그것은 불행한 것이 아닐까?
우연히 찾아들어간 초등학교에서 난 놀라운 광경을 목격했다.
교실 안에 빽빽하게 앉아 있는 아이들. 그 아이들의 작은 책상
에 놓여 진 작은 칠판 하나. 아이들은 노트와 교과서가 없었다.
오로지 작은 칠판에 선생님의 가르침을 적고 지우고를 반복하
면서 암기하는 방식이었다. 어쩌면 아프리카에서 느낀 가장 큰
아픔이고 충격적인 장면이었다. 심지어 아이들을 가르치고 있
는 교사도 참고서가 없이 오로지 자신의 지식만을 갖고 수업을
한다. 몇 백 명의 학생이 다니는 학교에 교과서와 참고서가 없

는 학교라니…

한국에 돌아와서도 떠나지 않던 아이들의 수업 장면들이었다.
그날 이후로 내 스스로에게 약속한 것이 아이들을 위한 5개의
도서관을 선물하겠다는 것이었다. 그렇게 마음으로 시작한 첫
번째 도서관이 2013년에 세워졌고 지난해 두 번째 도서관이 그
리고 올해 5월에 세 번째 도서관이 완공됐다. 첫 번째 도서관
개관식에 참여한 학생들과 학부형의 모습을 잊을 수가 없다.
한 권의 책도 없던 학교에 1,000여 권의 책이 서가에 꽂히고 그
책을 보물인양 조심스럽게 넘기던 사람들. 그날 책장을 넘기던

선생님의 눈에 고였던 눈물의 의미를 잊을 수가 없다. 요즘 우리 주변에는 도서관들이 차고 넘친다. 어쩌면 그것은 우리가 이 땅에 살면서 누릴 수 있는 혜택이다. 어릴 적 도서관에서 넘기던 그 감성의 책장들이 나에게 작가가 될 수 있는 토양이 된 것처럼 책을 읽는다는 것은 미래를 저축하는 것이라고 여겨진다. 분명 도서관은 아이들에게 꿈과 희망을 준다. 그 희망을 이야기할 수 있는 것은 책을 통해 얻어진다고 믿는다.

아이들이 넘기던 그 한 권의 책 안에는 무한한 세상이 존재하고 그 세상을 바라보며 아이들은 희망을 키워간다고 여겨진다. 아무것도 볼 수 없으면 꿈을 꿀 수 없다. 아이들은 자기가 본 것만큼 생각하고 그 생각들을 꿈과 접목하는 것이다. 작은 도서관 문으로 들어가는 아이의 뒷모습이 얼마나 아름다운지 모른다. 책 읽기를 마치고 나오는 아이의 환한 얼굴에 비치는 미소는 또 얼마나 아름다운지.

세 번째 '꿈꾸는 도서관'이 세워졌다. 아무것도 없던 척박한 땅에 새로운 2층 건물이 들어섰다. 텅 빈 공터에 학교가 세워지고 아이들이 모였다. 그리고 그토록 사랑하던 그 땅에 세 번째 꿈꾸는 도서관이 세워졌다. 도서관 건물을 보는 순간, 그리고 건물 안으로 한 걸음 내딛는 순간 난 그만 감정을 주체하지 못했다. 텅 빈 건물이 참 아름다웠다. 이 공간에 책이 채워지고 아이들이 새로운 꿈을 꾸기 시작할 것이다. 아이들의 책 읽는 소리가 들리는 듯했다. 그리고 희망이라는 단어를 떠올렸다. 나는 왜 그렇게 이곳에 마음을 빼앗겼던 것일까? 마다가스카르의 하늘과 바람이 참 곱게 느껴졌다. 그것도 내가 가장 사랑하는 바오밥 나무 거리에 오랫동안 꿈꾸던 시간들이 현실이 되었다. 아직 가야 할 길이 많이 남았지만 이곳에서 난 충분히 행복했다.

그리고 에티오피아에 네 번째 '꿈꾸는 도서관' 이 개관됐다. 그것도 내가 가장 사랑하는 곳, 예가체프에 있는 학교에 세워졌다. 붉은 벽돌이 파란 하늘과 잘 어울린다. 마다가스카르가 아닌 에티오피아에 처음으로 세워진 도서관이다. 아이들의 재잘거림이 공간 안에 울려 퍼진다. 그 울림이 행복한 언어로 들려온다.

혼자서는 할 수 없었던 일. 함께 길을 떠나준 사람들. 함께하지 못했지만 마음과 정성을 더해준 사람들에게 깊은 감사를 드린다. 더 많은 '꿈꾸는 도서관' 이 아프리카에 세워질 수 있기를 소망한다.

목표했던 5호점을 언제 완공 할 수 있을지는 알 수 없지
만 지금까지 그래왔던 것처럼 꿈을 향해 가는 여정을 멈
추지는 않을 것이다. 5개의 도서관이 완공되면 나는 새
로운 꿈을 꿀 것이다. 그것이 어떤 것이든 내가 살아가는
이유가 되길 소망한다.

진달래치와의 만남

많은 생각이 든다. 에티오피아 예가체프에서 어느 날 갑자기 나에게 달려와 도움을 요청하던 소녀. 소녀가 요청한 도움은 다름 아닌 학교에 가고 싶다는 것이었다. 공부가 하고 싶다는… 가슴이 먹먹했다. 꽤 오래된 이야기다. 할 수 있는 방법을 찾고 싶었다. 소녀의 집은 오래 전부터 나와 인연을 맺어온 집이었다. 할머니 그리고 3명의 동생들과 함께 허름한 단칸방에서 살아가는 소녀의 이름은 '진달래치'였다. 할머니는 이전에 가족사진 촬영 때 오셨었다. 그 당시 진달래치는 시골에서 부모님과 함께 살고 있었는데 할머니의 시력이 안 좋아지셔서 함께 살게 됐다.

이제 할머니는 완전히 시력을 잃었다. 몇 년 동안 이 가족과 나 사이에 많은 일들이 있었지만 생략한다. 지금 진달래치는 학교에 다니고 있다. 공부도 꽤 열심히 하고 있고 성적도 나쁘지 않다. 그런데 환경이 너무 열악하다. 5명의 가족이 살기에는 너무나 척박한 현실. 이제 오랫동안 미뤄왔던 이 가족을 위한 일을 하려고 한다. 자립할 수 있도록, 그래서 진정 행복이 무엇인지 알 수 있도록 돕고 싶다. 가족이 살 수 있도록 새로운 집을 지어주거나 구입할 생각이다. 잘 될 수 있으면 좋겠다.

전시는 세상과의 소통

마다가스카르 루캉가 호텔 전시장에 찾아온 손님.
외국인이 바라본 내 사진에 대한 느낌이 궁금했다.
사진 한 점 한 점 정성스럽게 바라보는 그녀의 마음이 고마웠다.
전시장에 비치된 '행복정거장' 포토 다이어리를 구입해서
품에 꼭 안고 있는 모습도 아름답다.
작가에게 전시는 세상과의 소통이다.
이날 나에게 마음으로 다가온 관람객들에게 이방인이 찍은
마다가스카르 사진들은 어떤 느낌이었을까?

운수 좋은날

운이 좋을 때가 있다.
우연히 창밖을 바라보는데 생각지도 않은
풍광을 만날 때.
느슨해졌던 감정이 바짝 올라온다.
무심히 놓아둔 카메라를 들고 달려 나간다.
다행히 무지개는 아직 사라지지 않았다.
이날은 나에게 행운이었다.

집으로 가는 길

하루가 끝나가는 시간이었다.

뜨겁던 태양의 열기가 수그러지는 시간.

사람들은 집으로 돌아가고 있다.

여행자는 새로운 잠자리를 찾아 길을 나선다.

많은 여행을 했지만 오후의 시간은 언제나 신비롭다.

오랜 세월 척박한 길 위에서 오후를 맞이했지만 햇살은 언제나 설렌다.

황금빛으로 노랗게 변해가는 하늘과 그 하늘 아래 사람들.

달리는 차 안에서 이들에게 들리지 않는 안부를 묻는다.

우린 지금 모두 집으로 가고 있다.

제한된 영역

그리움만 남았던,

마음껏 자유롭지 못했던 나라.

알제리는 아직 많은 것을 감추고 있는 곳이다.

그럼에도 사람들의 일상은 평화로웠던.

여행은 내 안의 제한된 영역을 허무는 것이다.

photo essay 94

미소가 아름다워

아이의 표정이,
아이의 미소가 좋다.
오늘은 이 아이의 미소만으로도 기분이 좋아진다.

탄자니아 아침 시장

탄자니아 다르에스 살람[Dares Salaam] 의 아침
시장 모습.
바다에서 갓 잡아온 생선을 기름에 튀기는 상인
들의 모습이 활기차다.
자세히 보면 생선은 몸통이 없고 머리 부분만 튀
기는데 아마 몸통 부분은 다른 용도로 팔리고 남
는 부위인 머리만을 따로 튀겨 파는 것 같다.
더운 날씨에 뜨거운 장작불과 튀겨지는 기름의
열기가 엄청나지만 그래도 열심히 일에 열중하
는 모습에서 다양한 삶의 존재를 생각해본다.
열심히 일하는 사람들의 현장에 있는 것만으로
도 몸이 들썩인다.
산다는 건 하루하루 이어지는 경이로운 일상들
이 이어져서 만들어지는 것이겠지.

난민

소말리아 국경 근처에 위치한 케냐 다답 난민촌.
이제 2년이라는 시간이 지났다.
난민촌 사람들의 삶을 이해하기엔 너무나 부족했던 시간.
평범한 듯 보이지만 희망을 이야기하기엔 부족했던 곳.
난민이라는 신분이 주는 제한된 삶,
아이들에게서 애써 희망을 발견하려고 했다.
그마저도 놓아서는 안 되는 것 같아서.
지금도 그 척박한 사막에서 변화 없는 삶을 살아가고 있을까?
사람이 사람을 제한하는 것이 얼마나 잘못된 것인지.

심장의 언어

마다가스카르에서 돌아온 지 한 달이 다 되어간다. 그런데 난 사진을 정리하지 못하고 있다. 아니 어쩌면 외면하고 있는지도 모르겠다. 컴퓨터 하드에 숨겨놓은 사진들을 풀어낼 자신이 없다. 왜 그런지는 알 수 없지만 사진을 보는 것도 그 사진을 골라 코멘트를 다는 것도 어렵다. 세월이 더해질수록 사진이 어렵고 아프게 다가온다. 한 장의 사진을 선별하는 작업은 내 안에 박힌 가시를 뽑는 것만큼이나 신중하고 두렵다. 컴퓨터에 있는 사진을 보는 것조차도 힘이 든다.

나에게 사진은 뭘까? 너무나 쉽게 찍어왔던 지난날들의 자유로움이 나에겐 없다. 그래서 더 사진을 들여다볼 엄두가 나지 않는 것인지도 모른다. 다들 나처럼 변해가는 걸까? 오늘 오랜만에 이번 여행에서 찍은 사진 한 장을 꺼냈다. 한참을 보고 있는데, 가슴이 먹먹해진다. 왜 그런 걸까? 아이와 함께 바다를 걷는 나를 상상한다. 마다가스카르의 바다는 어머니의 품을 담았다. 차갑지도 않고 거세지도 않다. 언제나 같은 자리에서 나를 반긴다. 내 어머니가 그랬던 것처럼. 이 작은 아이를 보면서 그 시절 내가 떠올랐는지도 모른다.

사진을 찍는 행위는 차가운 카메라 셔터를 누르는 게 아니라 뜨거운 심장을 누르는 것이다. 오늘 이 사진을 꺼내고 나면 얼마나 더 시간이 지나야 마음 편하게 작업을 할지 모르겠다. 내 스스로 그 시간을 기다린다. 알 수 없는 그 먹먹한 기다림의 시간.

교감

교감,
사람과 사람 사이에 일어나는 가장 큰 심장의 언어.
거친 파도와 싸우며 살아가는 삶의 현장에서 그들을 바라본다.
카메라를 든 내게 거리낌 없이 엄지손가락을 치켜세우는 마음.
현장에서 촬영한 사진들을 프린트했다.
선물로 받아든 사진 한 장으로 이들의 하루 피곤이
덜어졌으면 좋겠다.
사진을 들고 다시 포즈를 취해준 남자의 미소가
얼마나 아름답던지.
사진이란 나눌 때 더 깊은 가치를 증명한다.
오늘도 여전히 같은 바다에 있을 그대들을 생각하며…

새로운 인연의 시작

가족이라는 이름. 장애를 갖고 살면서도 희망을 잃지 않았던 가장. 집이 불타버려서 갈 곳 없던 가족의 사연을 접하고 집 짓는 데 필요한 비용을 보냈었다. 그리고 몇 개월 만에 찾아가서 만났고 가족사진을 찍었다. 그렇게 새로운 인연은 시작되었다. 또 하나의 가족을 내 안에 품는 일. 아이들의 아버지이자 한 여자의 남편인 남자의 직업은 사진사다. 공원에서 관광객을 대상으로 사진을 찍어주고 인화해주는 일을 한다. 사진사라는 직업, 그래서 더 유독 내 마음을 흔들었는지 모른다. 사연을 접한 지인이 새로운 카메라를 사라고 후원금을 보내왔다. 가장 적합한 카메라를 구입했다. 가족사진 촬영을 마친 후 인사를 나눴다. 그리고 가져간 카메라를 선물했다. 어쩌면 지금까지 가져 본 카메라 중에 가장 좋은 카메라일 것이다. 카메라를 받아들고 몸 둘 바를 모르는 남자의 눈에 눈물이 고였다.

나눔은 모두를 행복하게 한다. 오후에 시간을 내어 새로 지은 집을 구경하러 갔다. 집은 생각보다 쾌적하고 좋았다. 실내에 들어가니 가족사진이 가지런히 놓여 있다. 가슴이 뭉클하다. 지금까지 대략 5,000가족의 가족사진을 촬영했다. 어쩌면 사진가에겐 숙명과도 같은 작업이다. 이들이 이 작은 사진들을 소중히 여기는 것을 보면서 다시 힘을 얻는다.

사진은 세상을 이롭게 할 때 가장 빛난다.

준비 없는 이별

떠나는 시간은 너무나 멀고 스스로 돌아오는 시간은 가깝다.
준비 없는 이별은 언제나 슬프다.
그러나 이별을 알고 미리 준비해야 한다면
난 스스로 견디기 힘들어 미치지 않았을까?

오랜만에 내 책에서 발견한 그날의 느낌.
내가 한 말들이 다시 나에게 돌아올 때 뜨끔할 때가 있다.
때로는 내가 아닌듯한 그 느낌들.
그래서 기록이 중요한 것인지도 모른다.

허락한 시간

사진이 뭘까?
사진은,
그날의 시간을,
그날의 마음을 ,
그날의 바람을 ,
그날의 인연을 기록한다.
어두운 집안에서 아무런 대화 없이 서로를 바라봤던 시간.
남자는 내 카메라를 바라봤고 나는 눈빛으로 동의를 구했다.
남자는 나에게 왜 촬영을 허락한 것일까?
에티오피아에서 가장 폐쇄적인 사람들이 살아가는 곳.
외부인들을 바라보는 그들의 배타성으로 인해 편하게
촬영하기가 쉽지 않은 곳이다.
에티오피아 남부의 오모밸리(Omo Valley)에서 만난
이 남자의 눈빛은 그동안 굳었던 마음을 풀어지게 했다.

넋두리

생각이 많아진다. 한 해를 마무리해야 하는 계절이기 때문일까? 매년 이맘때면 마음을 흔드는 정체성에 혼란스럽다. 오늘 다시 묻는다. 나는 잘 살아가고 있는 것일까? 아니면 잘 살아온 걸까? 그렇게 자꾸만 질문을 스스로에게 자주 던지는 것을 보면 아직 미완성인 존재인 것이다. 이 끝없는 나에 대한 질문은 언제 끝날지 알 수가 없다. 인생은 어차피 끝없는 질문의 연속성에서 정답을 찾아야 한다. 나이가 들어갈수록 내 주변의 모든 것들에 의미를 부여한다. 오래 신은 신발, 오래 사용한 카메라, 낡은 가죽가방 등등. 나를 보여주고 나를 이야기하는 시간들이 많아진다. 그럴 만한 가치가 있는 것일까? 나는 아직도 걸어가고 있는데 목적지에 다다른 사람처럼 이야기 할 때가 있다. 아직 목적지는 한참이나 남았는데 말이다. 걸음을 멈추고 사방을 둘러봐도 아는 이 하나 없을 때가 있다.

순간 외롭다는 생각이 몰려온다. 인간은 어차피 외로운 존재. 그 말로 스스로 위로를 받으려 한다. 사람을 카메라에 담는 것은 외로운 나를 감추기 위한 것은 아니었을까? 사람을 좋아하는 이유도 같은 것이겠지. 이른 새벽 눈을 떴다. 알람을 맞춰놓은 시간보다 한참이나 먼저 눈을 떴다. 오늘은 광주에서 강의가 있다. 새벽 기차를 타고 내려간다. 아마 올해 마지막 강의가 될 것이다. 오늘 나는 또 다시 떨리는 심정으로 단상에 올라갈 것이다. 강의 듣는 학생들에게 감동이 전달되었으면 좋겠다.

다시 에티오피아로 떠난다. 눈을 감으면 떠오르던 한별학교 아이들을 만나러 간다. 사진반 아이들의 모습이 하나둘 떠오른다. 에이즈 환자인 엄마와 단둘이 사는 쓰낫이 보고 싶다. 그 앙증맞은 표정과 귀여운 모습. 떠나는 것은 나에게 익숙한 일이다. 또한 돌아오는 것도 익숙하다. 그래도 돌아와 한 해를 마무리할 수 있어 다행이다. 오늘, 참 말이 많다. 모두들, 행복하시길.

가을인가 보다

시간이 빠르게 지나간다. 그 지나가는 시간들이 눈에 보인다. 하루하루가 소중하게 느껴지는데 정작 나는 무기력하게 있을 때가 많다. 사랑을 생각해본다. 50대의 나이에 사랑을 생각한다는 것. 아직도 나는 그 사랑을 기다린다. 기다림에 끝이 없다는 것을 안다. 그 기다림이 허무할 수 있다는 것을 안다. 그래도 나는 내가 선택한 사랑을 안고 싶다. 포기하면서 만나는 사랑이 아닌 한 번도 내려놓지 않은 그 사랑을 만나야 한다. 나에게 사랑이 올까? 라는 두려움보다 스스로 희망을 놓을까봐 두렵다. 진짜 사랑이 올까? 가을인가 보다. 내가 이런 넋두리를 아무렇지도 하게 되는 것을 보면. 아마 그런가 보다.

누가 나 좀 말려줘요.

기억의 바다

살아오면서 다양한 느낌의 많은 바다를 만났다.

그 중에 가장 특별하게 기억되는 바다.

바다와 하늘의 색이 참 아름다웠던.

마치 그림을 그려놓은 듯.

한 폭의 그림을 보는 듯.

여행을 떠나는 목적

여행을 떠나는 사람들에겐 많은 이유들이 있다. 스스로에게 동기부여를 주려고 떠나는 여행. 특별한 목적을 갖고 떠나는 여행. 그 중에 많은 사람들이 여행에서 자기 자신을 찾고 싶다고 한다. 그래서 여행을 떠난다고. 나를 찾는 여행에서 얻어지는 것은 무엇일까? 내가 떠난 여행에서 나는 누구인가? 라는 질문을 수없이 했던 기억이 있다. 그 질문에 대한 답은 아직도 찾지 못했지만 말이다. 여행을 떠나는 사람들에게 꼭 해주는 말이 있다. 그냥 온전히 그곳에 자신을 맡기라고. 쉬운 말이 아니라는 것을 안다. 돌아오는 날까지 휴대폰을 꺼두는 게 좋다고 말한다. 휴대폰으로 떠나온 곳과 떠난 곳의 연결고리를 끊지 못한다면 진정한 여행이 아니라고.

여행은 지독한 외로움이다. 그 외로움을 견뎌야 여행자가 되는 것이다. 나만의 시간을 오롯이 갖고 그 외로움을 견디며 즐길 수 있어야 한다. 여행지에서의 흔적들보다 여행이 끝난 후의 추억이 더 소중하고 가치 있다. 오래 전 여행할 때 느꼈던 고독과 외로움을 나는 사랑한다. 그 싸했던 고독의 순간과 그리움, 그래서 글을 쓰고 그래서 사진을 담았다. 그날의 감정, 그날의 설렘. 여행은 시간이 지날수록 익어간다. 그리고 그 익어가는 시간들이 스스로를 성장시키는 것은 아닐까?

꿈이 아닌 현실

아이들을 바라보고 있으면 나도 모르게 그들에게 동화되어간
다. 아이들의 손동작, 몸동작을 따라하고 바라보는 곳을 같이
보게 된다. 처음 마다가스카르에서 아이들의 빛나는 눈동자에
마음을 뺏겼었다. 가장 깨끗하고 가장 빛나던 그 영롱한 눈동
자. 마다가스카르에 가지 못한 세월이 4년이 넘어선다. 이제 다
시 그들 속으로 들어가야 할 때가 왔음을 느낀다. 그곳에서 다
시 나를 찾고 그곳에서 다시 나를 사랑하는 시간을 갖길 원한
다. 그래야만 내가 그들을 안을 수 있으므로. 마다가스카르의
푸른 하늘과 뭉게구름이 그리운 날. 그렇게 그곳으로 가는 꿈
을 현실로 만들어가려 한다.

쓰낫이 찍는 세상,
우리 엄마

나에게 아프리카는 특별함이 아닌 자연스러운 대륙이 되어버렸다. 10년 전 처음 아프리카 땅을 밟은 이후로 38번을 찾았다. 가끔 생각해본다. 나는 왜 그렇게 아프리카를 가게 되었고 지금 나는 왜 아프리카에 와 있는 걸까? 사진가로 살아가면서 다양한 사람들을 만나고 그들과 새로운 인연을 맺어간다. 집에 돌아오면 자꾸만 떠오르는 건 아름다운 풍광이 아닌 사람들이었다. 그 중에서도 특히 아이들의 눈빛이 오랫동안 그리움을 불러왔다. 처음 마다가스카르를 여행하고 다음으로 찾은 곳이 에티오피아였다. 그리고 내 마음에 깊은 울림을 준 곳도 에티오피아였다.

7년 동안 에티오피아를 찾은 횟수가 10번이다. 왜 나는 그렇게 이 땅을 사랑하게 된 것일까? 2015년 3월 나는 다시 에티오피아행 비행기에 올랐다. 이번 여정은 그동안의 여행과는 달리 SBS 희망TV 팀과 함께 에티오피아의 남부 도시 딜라에 있는 한국인이 운영하는 한별학교(정순자 교장)를 찾아가는 여정이다. 그곳에서 나는 작은 사진반을 만들어 사진수업을 한다. 8명의 어린이들과 함께 하는 사진교실, 과연 그 아이들은 어떤 사진들을 찍을까? 한 번도 카메라를 잡아본 적이 없는 그 아이들의 눈에 보이는 세상이 궁금했다.

첫날 수업시간에 눈빛이 초롱초롱 빛나는 아이들이 교실로 찾아왔다. 그리고 각자 자기소개 시간을 가졌는데 그 중 유독 눈에 띄는 아이가 있었다. 가장 어리고 작고 귀여운 아이, 사진반원 중에 가장 어린 아이였지만 행동이 똑 부러지고 웃음이 많은 참 귀여운 소녀였다. 이름이 쓰낫이라고 하는데 8살이었다.

그런데 쓰낫에게는 아픈 사연이 있다. 쓰낫의 어머니는 에이즈 환자이고 아버지는 에이즈로 돌아가셨단다. 그리고 큰 언니는 집안 형편이 어려워서 다른 집으로 팔려간 상태였다. 어머니는 정부에서 제공하는 작은 가게가 딸린 집에서 생활하고 있는데 하루 매출이 우리 돈으로 1,200원 정도에 불과하다고 한다. 그마저도 요즘엔 물건이 별로 없어 손님이 계속 줄어드는 추세라고 한다. 어머니의 가장 큰 걱정은 막내딸 쓰낫의 미래였다. 공부를 하지 않으면 미래를 기대할 수 없다고 생각한 어머니는 한별학교를 찾아가 교장 선생님에게 형편을 이야기하고 막내딸을 학교에 다니게 해달라고 했단다. 학비를 낼 수 없는 형편의 쓰낫을 장학생으로 받아준 학교의 배려 덕분에 쓰낫은 학교를 다닐 수 있게 됐다. 본인이 배우지 못한 그 아픔을 딸에게는 대물림하고 싶지 않은 엄마의 마음을 아는지 쓰낫의 꿈은 의사였다. 그래서 공부를 마치고 어른이 되면 엄마의 병을 고쳐주고 싶다는 작은 아이. 그 아이의 마음은 엄마 이야기를 할 때면 유독 빛나던 눈동자에서 느껴졌다.

사진반을 시작하면서 아이들의 눈동자를 유심히 보게 된다. 호기심 가득한 아이들의 눈동자에서 빛나는 세상이 펼쳐진다. 자기가 가장 관심 있어 하는 것들을 찍는다. 다른 아이들은 친구를, 그리고 자기가 좋아하는 동물들을 찍는데 쓰낫은 유독 엄마 사진을 많이 찍는다. 하루는 쓰낫에게 물었다. "넌 왜 그렇게 엄마 사진을 많이 찍었니?" "엄마 얼굴을 잊어버리지 않기 위해서예요." 이 어린 소녀도 죽음이라는 것을 아는 걸까? 쓰낫의 대답이 참 아프게 다가왔다. 사진수업을 마치고 쓰낫의 집을 방문했다.

어머니는 한눈에도 병세가 깊어 보였다. 작고 말라 금방이라도 쓰러질 것 같은 몸. 쓰낫은 집안에 들어서자마자 엄마의 허리를 껴안는다. 부서질 것 같은 엄마의 품에 안겨 행복한 아이, 오늘 학교에서 있었던 이야기를 쉴 새 없이 쏟아내는 아이. 저 아이에게 엄마가 없다면? 순간 가슴이 먹먹해져 온다.

어머니가 분나(커피)를 내어오셨다. 방금 볶아 신선한 커피에서 향이 느껴진다. 그러고 보니 에이즈 환자가 끓여주는 커피는 처음인 것 같다. 녹색의 커피 받침과 녹색으로 칠한 집안의 컬러가 유난히 눈에 들어온다. 정말 맛난 커피를 마시고 사진을 찍어드리겠다고 했다. 쓰낫과 엄마가 함께한 가족사진이다. 쓰낫이 엄마를 바라보는 표정이 아련하다. 사랑이다. 맞다. 저 눈빛은 사랑 그 자체다. 프린트를 마치고 액자에 넣어드렸다. 사진을 쓰다듬던 어머니의 입가에 미소가 번진다. "아이와 찍은 사진이 한 장도 없었는데, 정말 고맙습니다." "이젠 우리 쓰낫이 엄마를 오래 기억할 수 있겠네요."

그러곤 액자를 빛이 잘 들어오는 선반에 올려놓고 하염없이 바라본다. 그 등 뒤에서 같은 시선으로 사진을 바라보는데 마음이 울컥하다. 흔들리던 그 가냘픈 어깨에서 느껴지던 쓰낫에 대한 사랑. 사진가로 산다는 것, 그 자체만으로 무슨 의미가 있을까? 내가 찍은 한 장의 사진이 가장 필요한 사람에게 전달되어질 때 무한 행복을 느낀다. 쓰낫과 엄마의 사랑스런 표정이 담긴 저 작은 액자는 사진이 주는 의미를 깊게 만든다.

photo essay 126

가족사진, 그리고 아픔

에티오피아 시다모 지역에서 4년 전에 촬영한 가족사진. 오전
에 촬영한 사진을 전달해주기 위해 찾아간 집에서 만난 모녀.
작은 소녀는 엄마와 찍은 사진을 받아 들고 함박웃음을 지었
다. 쑥스러워하는 엄마의 얼굴에서 느껴지던 이해하기 힘든 표
정. 이 모녀에게 이 작은 가족사진 한 장은 또 어떤 의미일까?
액자를 전달하고 돌아오는 길, 함께 간 현지인이 나를 붙잡고
이야기한다. 방금 액자를 전달하고 온 엄마와 아이는 에이즈
환자라고. 망치로 머리를 한 대 두들겨 맞은 듯, 자리에서 움직
이지 못했다. 그래서 저 가족사진 한 장이 참 중요하다고. 아,
그렇게 가는 신음만을 내뱉었던 그날.
그 이후에도 여러 번 그 지역을 찾았지만 차마 그 집을 방문
할 수는 없었다. 그리고 안부를 물을 수조차도 없었다. 잘 지
내고 있을까? 그럴까? 그냥 마음으로 안부를 물을 뿐이다. 마
주할 자신이 없으므로. 혹시 그들은 없고 사진만 남아 있으
면. 그렇게 다양한 사람들의 살아가는 이야기가 한 장의 사진
에 담겨 있다.

에티오피아 가족사진

지금까지 나는 에티오피아의 오지마을에서 1,500가족의 사진
을 촬영했다. 난 왜 이토록 가족사진에 집착했던 것일까? 스스
로 이유도 모른 채 본능적으로 시작한 가족사진 촬영이 이제
꽤 많은 숫자를 기록했다. 아프리카에서 가족사진을 찍는 것은
어떤 의미가 있을까? 겨우 한 장의 작은 사진일 뿐인데, 겨우 한
번의 촬영일 뿐인데. 작은 사진 한 장이 이들에게 얼마나 깊은
의미가 있을까 반문해본다.

그동안 에티오피아에서 촬영한 가족사진들을 보면서 내가 왜
그토록 가족사진에 집착한 이유를 알 수 있게 됐다. 그건 바로
나에게 가족사진이 한 장도 없다는 사실이었다. 가난한 집안

형편상 한 장의 사진도 가질 수 없었던 우리 식구들. 그래서 난 어린 시절 사진이라곤 초등학교 4학년 소풍 때 엄마와 막내누나랑 찍은 흑백 사진 한 장이 전부였다. 그 한 장의 사진만이 내 어린 시절 모습을 보여줄 뿐이다. 그 흔하디흔한 백일 사진이나 돌 사진조차도 없다. 그래서였던 것일까? 그토록 가족사진에 집착하는 나만의 이유와 행동들. 아프리카에서는 사진관에서 가족사진을 촬영하는 경우가 많지 않다. 특히 시골로 갈수록 그런 기회를 갖는다는 것은 형편상 더욱 어렵다. 그래서 그들에게 가족사진을 촬영하는 것은 특별한 일인지도 모른다. 각자의 사연이 담긴 가족사진은 찍는 사람이나 찍히는 가족이나 의미가 있다.

처음 서본 카메라 앞에서 아이들이 웃는다. 그리고 어머니도 웃는다. 그들의 빛나는 미소와 웃음소리가 파인더를 통해 내 가슴에 전해진다. 카메라를 든 나도 웃는다. 어떤 아이들은 눈물이 날 만큼 웃음을 참지 못했다. 결국 구경하던 모든 사람들이 웃었다. 잠시지만 우린 그렇게 사진이라는 이름으로 행복했다. 그래, 사진이 별건가? 서로를 이어줄 수 있는 도구로 사용되어질 때 더 큰 보람이 있는 것. 그렇게 이날 오후에는 한 장의 작은 사진으로 서로를 바라보는 시간을 가졌다. 내가 가질 수 없었던 가족사진. 그러나 이들은 이 작은 한 장의 사진으로 오랜 시간이 지나도 추억할 수 있게 됐다. 사진은 지난 시간을 되돌려볼 수 있는 추억을 선물한다. 그래서 내가 이들에게 선물한 이 한 장의 사진이 소중하다. 내가 가장 잘할 수 있는 작은 일. 이 작은 일들을 통해 나는 이들과 소통하는 방법을 배운다. 셔터를 누르며 이들 가족의 행복을 기원하며.

내 어린 시절

눈이 시리도록 파란 하늘과 구름. 이제는 쉽게 접하지 못하는 풍경이 되어버렸다. 어린 시절 동네 뒷산에 올라 풀밭에 누워 보던 하늘. 바람에 떠밀려 유유히 흘러가는 뭉게구름에게 안부를 묻던 소년은 이제 어른이 되었다. 그런데도 아직 난 하늘을 보면 그날들의 기억을 잊을 수가 없다. 지금 그 동산은 평지가 되어 아파트로 변했지만 난 여전히 그곳을 지날 때면 예전 동심을 떠올린다. 그래서 어린 시절을 시골에서 자란 사람에겐 감성이 남다른 것일지도 모른다. 작은 동산과 개울가, 그리고 연못과 낮은 언덕의 추억. 이름 모를 들꽃들을 한 아름 꺾어 커피 병에 물을 채우고 넣어 방안을 장식했던 시간들.

변변한 화병 하나 없이도 아름다웠던 들꽃. 그런 것들이 쌓여 지금의 내가 되었다. 시골에서 어린 시절을 보내는 것은 축복이다. 이 나이가 되어도 아직 그때를 생각하면 심장이 뜨거워지는 것을 보면.

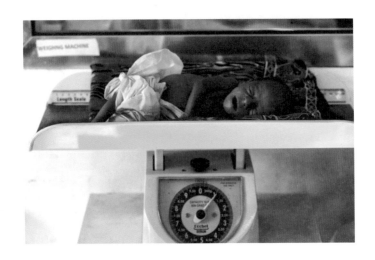

BED NO. 02

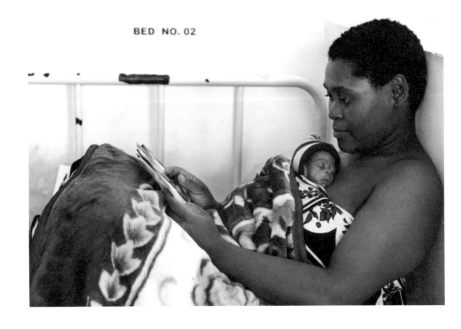

생명, 그 소중함

탄자니아 사진전을 준비하면서, 그리고 현장에서 사진을 찍으면서 가장 마음이 아팠던 건 아기들의 모습이었다. 태어난 지보름이 넘도록 체중이 1kg을 넘기지 못하는 아기들은 미숙아 병동에서 생사의 기로에 서 있었다. 젖을 빨 힘이 없어 주사기로 우유를 먹여야 하는 현실. 인큐베이터에 들어가야 하는 상황이지만 이곳에서는 그저 미숙아 병동에 모아놓고 상태를 지켜보는 게 최선이다. 매일 같은 시간에 아기의 체중을 잰다. 아기의 체중이 늘지 않으면 그 아기의 생명은 누구도 보장하지 못한다. 체중을 재는 시간이면 엄마들은 긴장한 채 그 모습을 초조하게 지켜본다. 아기를 바라보는 어머니의 등 뒤에서 보는 아기는 너무나 작고 여리다. 저 작은 아기의 생명은 어떻게 될까? 미숙아 병동 아기들의 생존율은 50%를 넘기지 못한다고 한다. 사진을 찍으면서 이 사진이 아기들에겐 마지막 사진일지도 모른다는 생각. 세상에 태어나 너무나 짧은 시간을 머물다 가야 하는 생명. 카메라를 든 손이 힘겹다. 프린터로 출력한 아기들의 사진을 엄마들에게 전했다. 너무나 소중히 가슴에 아기를 품은 채 사진을 보는 어머니의 표정이 편안하다. 그리고 병실에 들어오지 못하는 가족들에게 사진을 보여준다. 병실 밖에서 아기의 사진을 보는 것만으로도 행복해지는 가족들. 사진을 액

자에 담아 줬더니 병실 머리맡에 고이 올려놓는다. 사진가로 살면서 이럴 때 보람을 느낀다. 가슴이 먹먹해지지만 그래도 남길 수 있는 사진 한 장이라도 선물할 수 있어서. 이 사진에 담긴 아기들은 지금 어떻게 됐을까? 아기가 위험하다는 의사의 진단에 하염없이 눈물을 흘리던 쌍둥이 엄마의 모습이 자꾸만 가슴에 박힌다.

바다로 간 아이들

바닷가에 사는 아이들에게 바다는 고향이다. 해가 넘어가는 늦은 오후 바다로 뛰어드는 아이들. 아이들은 매일 오후 바닷가에서 놀이를 한다. 육상 선수가 출발선에서 출발 신호를 기다리듯, 아이들의 표정이 진지하다. 스스로 정한 마음의 출발 신호를 듣고 달려와 하늘 위로 솟아올라 바다로 풍덩. 이곳 아이들에게 바다와 하늘은 같아 보인다. 마음은 나도 함께 저들처럼 바다로 뛰어들고 싶지만 역시 용기 없음이 마음을 잡는다. 아이들을 바라보는 것만으로도 즐거운 오후의 휴식. 아이들은 바다를 안고 나는 그 아이들을 카메라에 안는다. 여행자의 하루가 그렇게 노을 속으로 빨려 들어가면 진정 하루가 저무는 것.

당신을 위로하는 것

나이가 더해가면서 마음이 약해질 때가 있다.
그리고 자꾸만 지나간 시간들을 돌아보게 된다.
항상 긍정적으로 살아야 한다고 스스로 다짐한다.
그래도 가끔은 나를 잊을 때가 있고,
나를 잃어버리고 싶을 때가 있다.
그럴 때마다 사진을 바라본다.
오래된 시간들을 찾아내듯 사진들을 본다.
그리고 그 시간 속으로 들어간다.
나를 위로하듯, 사진은 그렇게 나를 바라본다.
내가 사진을 바라보는 것이 아니고 사진이 나를 바라본다.
당신은 어떤 것으로 위로를 받나요?

하라르

에티오피아에는 커피 산지로 유명한 도시들이 있는데 '하라르'도 그 중에 한 곳이다. 무려 천 년 전에 세워진 이 도시는 무슬림이라는 종교색이 강해서 한때는 무슬림들만 도시 출입이 가능했다고 한다. 오랜 세월을 견딘 담장과 좁은 골목길을 걷다 보면 이 도시가 왜 특별한지를 알게 된다. 문득 드는 생각이 내가 지금 에티오피아에 와 있는 건지 아니면 인도의 어느 도시에 와 있는 건지 착각이 들 정도다.

2006년에 유네스코 문화유산으로 지정된 고대도시 하라르. 프랑스의 시인 랭보가 노년을 이곳에서 보낼 만큼 이 도시는 무한한 매력을 갖고 있는 곳이다. 에티오피아에서도 가장 특별하게 느껴지는 커피의 고장 하라르. 어쩌면 타임머신을 타고 온 것처럼 이 도시는 예전이나 지금이나 같은 모습들을 많이 간직하고 있다.

photo essay 142

귀여운 카리스마

아이를 한참 동안 바라봤다.
그러곤 입가에 웃음이 지어졌다.
이제 겨우 5살 정도 되었을 아이의 표정과 몸짓이 귀여웠다.
입에 물고 있는 풀과 리어카에 올려진 다리가 어찌나 거만해(?)
보이던지 한참을 웃었다.
마치 영웅본색에 나오는 홍콩 영화배우 주윤발의 포즈가 연상됐다.
나는 사진을 찍으면서 순간적으로 제목을 붙였다.
사진의 제목은 '귀여운 카리스마' 였다.
사진을 찍을 때나 돌아와서 사진을 볼 때나 여전히 그 느낌은
변하지 않았다.
지금도 동네에서 동무들과 잘 지내고 있겠지.
여전히 입에 풀잎을 물고서…

photo essay 144

사진놀이

피사체(사람)를 카메라에 담을 때 그들의 표정을 살핀다. 카메라가 이들에게 어떤 의미일지를 생각하게 된다. 카메라를 든 사진가와 피사체가 하나 되는 순간을 기다리게 된다.

그때가 바로 놀이가 되는 시점이다. 아이들이 웃으면 사진가도 웃으면서 사진을 찍을 수 있게 된다. 처음 본 아이들과 사진놀이가 되는 순간을 기록할 때 사진가는 행복하다. 언제나 교감하는 사진만을 담을 수는 없지만 가능하면 그들과 같은 마음이 되는 시간을 기다린다. 우간다의 작은 마을에서 만난 아이들은 카메라를 어색해하지 않았다. 오히려 순간을 즐기듯 카메라 앞에서 춤을 추고 웃음소리를 멈추지 않았다. 카메라를 든 내 손이 흔들릴 정도로 나도 즐거웠다. 그래서 이날 담은 여러 장의 사진들은 흔들렸다. 그렇지만 즐거웠던 아이들과 신나는 사진놀이는 가슴 깊게 각인되어 있다. 어느 경우든 사람보다 사진이 우선이 되어서는 안 된다.

마음을 담다

에티오피아 베베카 커피 농장에서 일하는 사람들. 그들의 손은 하얗게 변해 있었다. 이유를 물으니 커피나무 아래에 벌레가 생기지 않도록 석회를 뿌리는 일을 한단다. 낯선 이방인의 방문이 놀라웠는지 하던 일을 멈추고 바라본다. 처음엔 어색했던 표정이 시간이 지나면서 편해진다. 사람과 사람 간의 간격을 좁히는 데도 절대적인 신뢰의 시간이 필요하다. 침묵이 흐르고 그 침묵의 공기가 온기로 데워지면 마음의 문이 열리기 시작하는 것이다. 비록 짧은 시간이지만 옅은 미소를 보여준 여인의 표정이 참 아름답다. 사진을 담는다는 것, 카메라에 담기는 것은 모습만이 아니라 마음이 우선이다. 그렇게 나는 또 새로운 인연을 남긴다.

침묵이 흐르고 그 침묵의 공기가
온기로 데워지면 마음의 문이
열리기 시작하는 것이다.

여행을 마치고 돌아온 날

거의 한 달간의 촬영을 마치고 돌아왔다. 케냐, 우간다, 그리고
에티오피아로 이어진 일정들. 장거리 이동으로 몸은 피곤하지
만 가슴에 담을 수 있었던 순간순간의 소중한 기억들을 생각
하면 아련하다. 늦은 시간 도착한 공항의 날씨는 후덥지근하
고 탁하다. 매끈하게 잘 닦여진 도로를 달리는 차 안에서 비로
소 돌아왔다는 사실을 인지하기 시작했다. 심하게 흔들리며

에티오피아 비포장 길을 달리던 차 안에서 아프리카 마사지라고 농을 해대던 운전기사가 생각나 피식 웃음을 지어본다. 차 안에서 흘러나오는 음악은 왜 또 그렇게 아름답고 감상적인 것인지, 마치 근사한 영화 속의 한 장면이 떠오른다.

새벽이 되어서야 집에 도착했다. 무겁게 닫혀 있던 현관문을 열고 컴컴한 집안을 더듬어 스위치를 켰다. 순간 환하게 밝아지는 불빛이 낯설게 느껴진다. 아프리카의 어두운 조명에 익숙해진 탓이리라. 긴 여행을 마치고 돌아오면 집이 순간적으로 나를 밀어내는 듯한 착각을 한다.

아무도 없는 텅 빈 집안. 생기가 느껴지지 않는 방 안의 공기. 오랜 세월 동안 여행을 떠나고 돌아옴을 반복해도 이러한 느낌은 익숙해지지 않는다. 기다리는 사람이 없는 집안은 참 쓸쓸하고 차갑게 느껴진다. 언제나 그렇듯 가방을 열어 옷가지들을 세탁기에 넣는다. 비누를 넣고 스위치를 눌러 세탁기를 작동시킨다.

그제서야 비로소 나는 내 집에서 편안해짐을 느낀다. 돌아온지 하루가 지나고는 사진을 살펴본다. 그리고 한 장의 사진에 시선을 멈춘다. 커피농장의 아이들, 나를 향해 미소를 보내주던 아이들의 사진이 왠지 희망이라는 단어를 떠오르게 한다. 오늘은 이 사진으로 여행을 마치고 돌아온 여행자의 마음을 대신한다.

다답 난민촌으로
가는 길

케냐 나이로비에서 경비행기로 소말리아 국경 근처에 있는 다답 난민촌으로 향했다. 나이로비는 날씨가 쌀쌀한데 다답은 사막 지대라서 뜨거운 바람이 불어온다.

몇 십만 명이 거주하는 세계에서 가장 규모가 큰 난민촌. 조국을 떠나 무국적 신분으로 살아가는 이들의 아픔을 나는 또 어떻게 받아들일 수 있을까? 척박한 이 땅에 희망의 바람이 불어오길⋯ 경비행기가 난민촌에 착륙하기 바로 전의 모습이다.

사랑이라는
이름으로

아이와 함께 길을 가고 있는 아
주머니에게 들고 있던 모자를 선
물했다. 일을 마치고 집으로 돌
아가는 길인 것 같다. 한낮의 뜨
겁던 태양이 들어가고 따뜻한 햇
살이 가득한 시간.
엄마는 아이의 뒷머리를 사랑으
로 밀어내며 걸음을 재촉했다.얼
마를 걸어가야 할지 알 수 없는
발걸음이지만 여인은 보라색 모
자를 쓰고 행복한 걸음을 옮겼
다. 오후의 따뜻한 햇살을 가슴
에 안고 걸어가는 엄마와 아들.
그들을 바라보는 것만으로도 왠
지 모를 행복감이 느껴진다.

마음오는길

photo essay 154

진짜 행복

그 어떤 이별의 아픔보다
그 어떤 쓰라린 그리움보다
더 참담한 것은 지금 그리운 사람이
아무도 생각나지 않는다는 것이다.
그리움이 없는 삶이란 얼마나 무의미한 삶인가.
아무리 머리를 쥐어짜 봐도 그리운 사람이,
보고 싶은 사람이 없다면.
이별할 수 있는 사랑이 있을 때 그때가 어쩌면
행복한 시절이었는지도 모른다.
사람이니까, 아픈 감정을 느낄 수 있는 사람이니까.

짧은 인연

표정이 말해준다.

나와 이 남자 간의 마음을…

느낄 수 있다.

카메라를 바라보는 것이 아니라 나를 바라보고 있다는 것을.

나에게 다가온 그 마음들이 카메라가 아닌

마음으로 담겨진다는 것을.

척박한 모래바람이 멈추지 않던 사막의 작은 휴게소에서

만난 짧은 인연.

그럼에도 사진은 그날의 기억을 오래 묶어두고 있다.

하루쿰

나의 여행이 이들의 일상으로 들어갈 때 신선하
게 다가오는 새로운 모습들. 가던 길을 멈추고 입
가에 미소를 지으면서 잠시 그들과 같은 시간을
공유한다. 황사 가득한 도로 위에서 나는 모래바
람을 피해 고개를 돌렸고 이들은 모래먼지를 뚫
고 도로 위를 달려갔다. 수단이라는 나라는 내가
기억하는 한 온통 모래바람이었다. 입 안에 서걱
거리는 모래들 때문에 자주 입 안을 비워야했다.
어떻게 이런 곳에서 살아갈 수 있지? 녹색 풀잎
하나 발견하기 어려운 삭막하고 건조한 사막의
모습. 오기 전에 생각했던 것보다 더 혹독했다.
나는 무엇을 본 걸까? 나는 왜 여기에 온 걸까? 수
없이 질문을 던지고 받던 시간. 누군가 수단의 하
루쿰에 간다고 하면 나는 뭐라 말할 것인가?

목동의 식사

이른 아침 들판에서 만난 목동은 식사 준비를 하고 있었다. 낡고 허름한 깡통에 모닥불을 피워 옥수수를 삶던 남자는 나를 보더니 와서 앉으라고 자리를 내준다. 아침과 점심을 이 옥수수로 해결한다는 목동은 내게 실한 옥수수 하나를 꺼내어 건넸다. 따뜻한 옥수수의 열기가 손으로 전해진다. 그런데 쉽게 먹을 용기가 나지 않는다. 이 하나의 옥수수는 목동에게 얼마나 큰 가치가 있는 것인가? 하루를 버티기 위해 먹어야 하는 자신의 것을 내어주는 마음이 느껴진다.

괜히 미안한 마음이 든다. 목동의 옥수수를 빼앗은 것처럼 마음이 편치 않다.

망설이는 나를 보며 자꾸만 권하는 목동의 성의를 이기지 못해 옥수수를 먹었다. 따뜻한 옥수수의 알갱이들이 입 안에서 맴돈다. 나를 바라보는 목동에게 엄지손가락을 들어 맛있다는 인사를 했다. 맛나게 먹는 모습이 좋았나 보다. 수줍은 미소를 짓는다. 순간 목동의 목에 걸린 십자가 목걸이가 눈에 들어왔다. 목동에겐 어떤 기도가 가장 간절할까? 그렇게 나는 세상에서 가장 귀한 아침 식사를 대접받았다. 영원히 잊혀지지 않을…

줄다리기

시미엔산은 에티오피아에서 가장 큰 산이며 최고봉은 해발고도 4,620m로 아프리카에서는 네 번째로 높은 산이기도 하다. 1969년 멸종 위기 야생동물 왈리 아이벡스 염소를 보호하기 위해 국립공원으로 지정되었고, 1978년에는 유네스코의 세계유산으로 지정되었다. 신들의 장기판이라고 불릴 정도로 풍광이 아름다운 곳이다.

에티오피아는 6월부터 9월까지가 우기 철인데 그 시기에는 산길로 차량이 다닐 수 없는 상태가 된다. 내가 시미엔산을 찾은 때는 10월이다. 당연히 우기가 끝났을 거라 생각했는데 이번 시즌에는 우기가 길게 이어졌다고 한다. 덕분에 산길은 차량이 오가기 힘든 경우가 생기는데 이들의 교통수단인 트럭들이 마르지 않은 진흙길을 가야 하는 경우다. 진행하면 당연히 차가 빠지는 것을 알면서도 트럭은 진흙탕 길로 돌진한다. 그러면 사람들이 긴 줄을 이용해 트럭을 끌어당긴다. 마치 어린 시절 운동회 때 줄다리기를 하던 모습이다. 이방인의 눈에는 심각한 상황인데 현지인들은 마치 놀이를 하듯 신나게 웃고 떠들면서 줄을 당긴다. 그렇게 진흙탕 길을 빠져나온 트럭은 길을 떠나고 다음 트럭은 다시 진흙탕 길로 들어온다. 그렇게 당연히 빠질 줄 알면서도 들어오는 트럭들, 그렇게 몇 대의 트럭을 꺼내고서야 줄다리기는 끝이 났다. 자동차와 사람들 간의 유쾌한 줄다리기는 시미엔산에서 보는 색다른 즐거움이다.

사진을 찍는
이유들

아이들의 얼굴을 자세히 보면 순수한 세상이 보인다. 아이들의 미소와 아이들의 맑은 눈동자와 나를 바라보는 초점. 세상의 모든 아이들이 순수한 동심으로 살 수 있다면 얼마나 좋을까? 내가 처음 마다가스카르에서 받았던 깊은 감동은 분명 아이들이었다. 그 아이들의 친구가 되고 싶었던 시간들. 그것을 계기로 다른 아프리카를 여행하게 되고 또 다른 인연들이 쌓여갔다. 아이들에게 사진을 찍어주는 일. 아이들의 미소가 카메라에 들어올 때의 희열. 셔터를 누르는 손은 떨리고 순간 심장은 뜨거워진다는 것을 느꼈다. 학교 교실 안 까만 칠판에 걸려 진 사진들을 보면서 내가 여기 있음을 감사했다. 내 등 뒤로 와서 작은 손으로 나를 안던 꼬마 녀석의 수줍은 친절은 또 어떤가. 마음의 거리와 물리적인 거리가 같아지는 순간이다. 그런 느낌을 안고 살아간다는 것, 사진가에겐 축복이다.

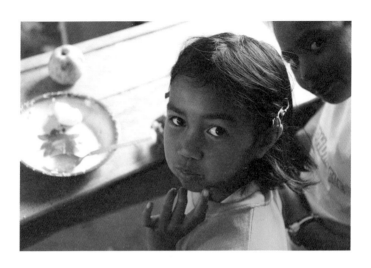

5년간의 기다림, 그리고 만남

2008년도에 처음 에티오피아를 여행했다. 내가 만난 에티오피아는 그야말로 천국의 땅이었다.

아름다운 풍광과 한없이 순박한 사람들. 국립공원으로 지정된 시미엔산을 찾았을 때 나는 이곳이 아프리카라는 사실을 잊었다. 신들의 장기판, 아프리카의 지붕이라고 불리는 이 아름답고 웅장한 산에서 인간은 얼마나 작은 존재인가를 깨달았다.

4,500m가 넘는 고산이어서인지 날씨는 시시각각 변했다. 그리고 아프리카에서 처음 맞아보는 동전만한 우박 덩어리. 추위에 떨었던 그날의 시간들은 아프리카에서의 특별한 경험이었다. 그때 산에서 만난 목동들은 내가 만난 세상의 어떤 아이들보다 특별했다. 가져간 카메라와 휴대용 프린터로 사진을 찍고 나눠줬다. 그들은 감사의 표시로 나를 둘러싼 채 노래를 불러줬다. 4,000m가 넘는 고산에서 울려 퍼지던 그날의 노래 소리들. 그것은 천사의 소리였다. 그리고 2013년 나는 5년 만에 다시 시미엔산을 찾았다. 아디스아바바에서 며칠이 걸려야 갈 수 있는 오지 중의 오지. 집을 떠나면서 혹시 만날지도 모를 아이들을 위해 몇 장의 사진들을 프린트해갔다. 5년 전 그날의 감동을 선물했던 아이들을 떠올리면서. 시미엔산에 도착해서 아이들을 찾았다. 그리고 아이들에게 가져간 사진들을 보여줬다. 아쉽게도 내가 가져간 사진 속의 목동들을 찾는 것이 생각만큼 쉽지는 않았다. 그런데 다행스럽게 두 번째 목동의 무리에서 한 명의 소녀를 만났다. 아, 5년 동안 많이 자랐다.

다행히 소녀는 나를 기억했다. 자신들에게 사진을 찍어주던 5년 전의 나를. 가져간 사진을 선물했다. 5년 전과는 달리 이제는 수줍음을 아는 나이가 되었는지 쑥스러워 얼굴을 마주치지 못한다. 얼굴은 생각보다 많이 변하지 않았는데 조금씩 어른이 되어가고 있었다. 사진은 5년의 시간을 기억하게 해줬다. 내가 기억하는 만큼 소녀도 나를 기억했다. 그렇게 인연은 사진 한 장으로 소리 없이 이어져왔던 것이다.

인연의 더함

15시간의 비행 끝에 인천공항에 도착했다. 바람이 불어와 환영 인사를 했다. 잘 돌아왔어. 그렇게 아프리카에서의 먼지를 털어내고 집으로 돌아왔다. 20일의 시간은 텅 빈 방 안의 생기를 앗아간 듯 적막하다. 가방을 방으로 옮겨놓고 여행 때 가져간 옷들을 세탁기에 넣고 돌렸다. 얼마 동안이었을까? 방 안에 아무 생각 없이 앉아 있었다. 그냥 아무것도 할 수 없을 만큼 몸이 무기력해진 것일까? 에티오피아에서의 시간들이 하나둘 떠오른다. 내가 만난 사람들, 내가 맺은 인연들.

나는 사진가인가? 그런데 나는 왜 자꾸만 내 안에 인연들을 채워 넣는 것일까? 나에게 질문을 한다. 대답은 이미 정해져 있다. 할 말이 너무 많아서인가? 아무런 말도 할 수가 없다. 돌아오는 발걸음이 무거웠다. 자꾸만 뒤를 돌아보게 만든 사람들, 그리고 눈빛. 쉽지 않은 여정이었지만 더 끊기 어려운 인연들이 생겨났다. 지금 홀로 방 안에서 나를 돌아본다. 잠도 오지 않는 이 고요한 새벽은 감정을 더욱 부추긴다. 마음에 갇혀 있던 감정들이 흘러나온다. 이렇게 며칠은 지내야만 할 것 같다.

가야 할 시간

1년 전 예가체프에서 가족사진 촬영 때 만난 할머니와 손녀. 그 당시에도 할머니의 눈은 잘 보이지 않았다. 가난한 형편에도 미소를 잊지 않던 소녀의 밝은 모습이 인상적이었다. 아이의 집을 찾아가 준비해간 인형과 매트리스 그리고 예쁜 옷을 선물 했다. 집이라고 하기엔 민망할 정도의 허름한 공간, 매트리스를 겨우 집안에 들여놓을 수 있었다. 거동이 불편한 이 집에서 어떻게 살아가는 걸까? 마음이 무거웠다. 그리고 다시 1년 만에 찾아간 예가체프 마을의 가족사진 촬영 현장에 할머니와 손녀가 찾아왔다. 1년 전보다 더 불편한 몸으로 겨우 의자에 앉은 할머니. 이제는 거의 앞이 보이지 않는 상태였다. 어떡하지. 어떡하지. 마음으로만 안타까워할 수밖에 없는 현실.

한국으로 돌아와 백내장 수술 프로젝트를 진행하기로 한 결정적인 이유였다. 수술은 엄두도 내지 못할 형편. 아니, 병원 가는 것조차 생각지 못할 정도의 오지 마을. 예가체프란 이름은 우리에겐 낭만적으로 들릴지 모른다. 커피의 원산지인 에티오피아에서도 가장 좋은 커피를 생산하는 곳이니까. 우리가 커피숍에서

마시는 예가체프 커피 한잔. 그 마을에는 아픈 사연을 가진 사람들이 너무나 많다. 이번 백내장 수술 프로젝트에서는 겨우 20명의 사람들만 수술을 받을 수 있다. 너무나 많은 아프리카 사람들이 빛을 잃어가지만 내가 할 수 있는 건 너무나 미약하다. 앞으로 더 많은 사람들이 혜택을 받을 수 있길 바라는 마음이다. 마음을 모으는 일, 솔직히 쉽지는 않다. 때로는 내 자신도 혼란스러울 때가 있다. 나는 누구인가 정체성이 흔들릴 때도 있다. 그러나 나는 그곳에서 그들을 봤고 왜 이 일을 해야 하는지 알고 있다. 사람과 사람 사이의 관계다. 돈이 많다고 선뜻 후원하지 않는다. 아무리 애원해도 남의 일이라고 치부해버리는 사람들이 많다. 어느 순간 이 일에 매달려 있는 내가 이해가 안 된다고 말하는 사람들이 있다. 그들은 모른다. 내가 왜 이토록 이 일에 마음을 다하는지. 그들은 나의 또 다른 가족이다. 그 가족을 외면할 수 없으니. 내가 너무 큰 욕심을 부리는 것일까?

셔터 소리

사진가는 카메라를 들고 길을 떠날 때가 가장 멋지다.

흙먼지 묻혀가며 사람을 만나고 풍광을 만나고 그렇게 낯선 곳에서 삶을 더해가며 촬영한 사진들을 세상에 내놓는다. 때론 아름다운 풍광에 울고, 착하고 아름다운 사람들 때문에 눈물을 흘리기도 한다. 한 장의 사진을 담기 위해 얼마나 많은 흙먼지를 털어내야 하는지 사람들은 알까? 한 장의 사진을 담기 위해 몇 번의 생각과 몇 번의 망설임이 있어야 할까? 말이 통하지 않는 아이들과 소통하고 그들의 마음을 열기까지에는 절대적인 시간이 필요하다. 친구가 되어가면서 서로 마음을 열기 시작한다. 한 번보다는 두 번, 두 번보다는 세 번, 서로에게 익숙해지면서 표정이 살아난다. 마음에 드는 순간이 오면 카메라를 든다. 그리고 숨을 멈춘다. 찰칵! 한 번의 셔터 소리로 피사체가 내 안에 들어오는 것을 느낀다.

마음을 열기까지는 시간이 필요하지만 셔터를 누르는 시간은 짧아야 한다. 생각은 길게 그리고 촬영하는 순간은 짧게…사진을 찍는 방법 중에 가장 명심해야 할 말이다.

좋은 사진

내가 촬영한 사진인데도 한참을 보게 되는 사진이 있다.
촬영할 때의 그 순간보다 컴퓨터로 보여지는 느낌이
훨씬 더 좋은 사진이 있다.
흔치 않은 경험이지만 이 사진이 나에겐 그렇다.
왜 자꾸만 들여다보게 되는지, 왜 자꾸만 아련한지.
이 한 장의 사진이 오늘 종일토록 머리에 맴돌았다.
좋은 사진이란 그냥 마음이 가는 것이다.
누구나가 아니라 나에게 그런 감정이 다가오면 되는 것이다.

길 위에서

쉽게 끝이 보이는 길은 재미없지 않은가? 바로 앞에서 끝나는 길을 바라보는 것 또한 재미없다. 비록 막막하고 끝이 보이지 않는 길이지만 묵묵히 그 길을 걷는 사람에게는 희망이 보인다. 쉽게 끝이 보이는 길을 선택하는 것이 현명할 수도 있지만 때로는 끝이 보이지 않는 먼 길을 선택하는 사람들의 용기가 더 아름다울 수 있다. 아무리 길게 뻗은 길이라도 언젠가는 끝나게 되어 있다. 단지 그 끝을 보는 사람과 보지 못하는 사람 간의 차이점이 있을 뿐. 솔직히 나는 내가 가야 하는 길의 끝을 보고 싶지 않다. 계속 길 위에 서 있는 나를 보고 싶을 뿐이다. 가다가 지치면 길 위에 앉고 그래도 힘들면 누워서 쉬고. 그리고 다시 일어나 떠나는 삶. 내가 선택한 길의 끝을 발견한다면 분명 다른 길을 찾아 다시 떠날 것 같다.

당신은 지금 어떤 길 위에 서 있나요? 스스로에게 질문을 던져 보는 시간…

마음 오는 길

행복한 이별

아이들이 숲길을 달린다.
내가 탄 자동차를 따라오며 못내 아쉬운 작별 인사를 건넨다.
아이들의 얼굴에 가득한 미소가 넘쳐난다.
참 건강한 미소와 웃음소리.
아이들과의 작별이 쓸쓸하지 않아서 좋다.
웃음으로 마지막 인사를 나눌 수 있어서 얼마나 다행인지.
짧은 만남과 이별의 간격엔 보이지 않는 아쉬움이 있기 마련이다.
그건 결국 여행자가 가장 많이 견디며 가야 하는 운명이다.
자동차를 따라와 아쉬운 이별을 고한 아이들의 순수함은
그 자체로 보석이다.

마음오는길

photo essay 182

닮음

그날 왜 그랬던 것일까?

왜 그렇게 내 안에 숨겨졌던 아픔이 삐져나왔던 걸까?

차마 마주하기 힘들었던 눈빛.

애써 고개를 하늘로 돌렸다.

나를 바라보던 당신.

그 시선은 왜 그렇게 아련했을까?

당신은 왜 그렇게 내가 사랑한 그분과 닮아 있었는지.

너무나 다른 곳에서 살아왔을 텐데.

그렇군요…어머니…세상의 어머니는 그렇게 닮아 있는 것이군요.

사랑으로

빅토리아 폭포가 있는 잠비아와 짐바브웨 국경을 통과하는 다리가 있다. 다리의 높이를 정확히 기억할 수는 없지만 밑을 내려다보는 것만으로도 현기증이 날 정도다. 그 다리 위에서 계곡 아래로 뛰어내리는 번지 점프대가 있는데 보는 것만으로도 오금이 저려올 정도다. 래프팅을 좋아하는 유럽의 젊은 친구들도 쉽사리 도전하지 못할 정도로 높이가 아찔하다. 사실 높이보다도 협곡 아래로 흘러가는 거친 물 위로 뛰어내린다는 것이 더 어려울 것 같다. 그래서인지 뛰어내리려는 신청자가 많지 않은 가운데 중년의 부부가 번지 점프를 준비했다. 가까이가 보니 두 사람의 표정은 이미 겁에 잔뜩 질려 있었다. 안전요원이 줄을 묶는 사이에도 계속 갈등하던 두 사람. 그 모습을 지켜보는 사람들의 표정에도 긴장감이 깃든다. 몇 번의 망설임 끝에 두 사람은 서로를 꼭 끌어안은 채 무시무시한 협곡으로 몸을 던졌다. 그들을 지켜보던 사람들의 긴 탄식과 함께 그들은 무사히 점프를 마쳤다. 비록 몇 초간의 짧은 시간이지만 서로를 믿고 의지하며 사랑이라는 이름으로 하나가 된 연인. 사랑하는 사람과 함께 뛰어내리는 그 심정은 어땠을까? 둘이었기에 가능한 일은 아니었을까? 여러 가지 생각이 들었다. 참 아름답게 느껴졌다. 그들이 올라올 때까지 한참을 그렇게 시선을 떼지 못했다.

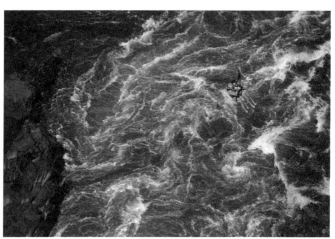

가슴 뛰는 삶

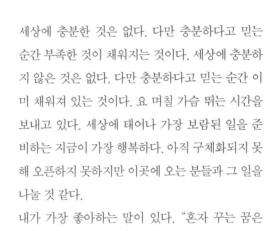

세상에 충분한 것은 없다. 다만 충분하다고 믿는
순간 부족한 것이 채워지는 것이다. 세상에 충분하
지 않은 것은 없다. 다만 충분하다고 믿는 순간 이
미 채워져 있는 것이다. 요 며칠 가슴 뛰는 시간을
보내고 있다. 세상에 태어나 가장 보람된 일을 준
비하는 지금이 가장 행복하다. 아직 구체화되지 못
해 오픈하지 못하지만 이곳에 오는 분들과 그 일을
나눌 것 같다.

내가 가장 좋아하는 말이 있다. "혼자 꾸는 꿈은
꿈에 불과하지만 모두가 함께 꾸는 꿈은 현실이 된
다." 그래서 사람들과 꿈을 나누고 싶다. 나는 부
족하지만 우리가 마음을 모으면 부족은 없어지고
풍요가 생겨날 거라고 그렇게 믿는다. 아직 세상은
살 만하다고. 그렇게 믿고 산다.

오늘도 희망의 바람이 나에게 불어온다. 가야할 길
을 알고 길을 나서는 사람의 확신에 찬 모습은 언
제나 아름답다.

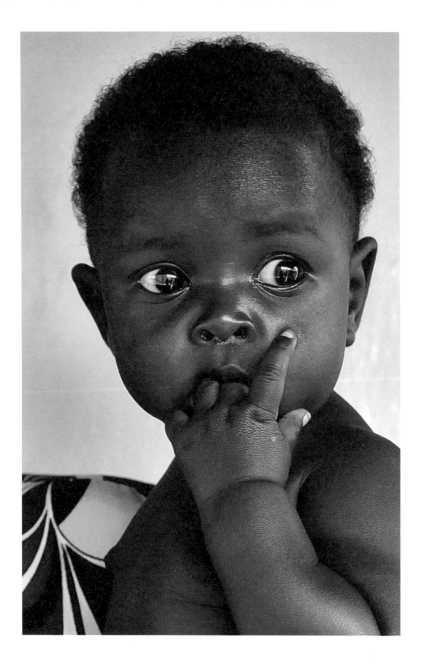

photo essay 188

천사처럼

무엇을 보고 있는 거니?
무엇이 궁금한 거니?
너의 눈에 비친 세상은 어떤 것일까?
천사처럼 맑고 고운 너의 눈망울에 비친 것은
무엇일까?
천사 같은 아기를 카메라에 담으며 착해질 것
같은 착각이 들었다.

아직도 여행은 끝나지 않았다

시간은 추억을 뛰어넘지 못하나 보다. 아프리카에서 돌아온 지 일주일이 지났건만 난 아직도 그곳 하늘과, 그곳 사람들과 끝없이 내달리며 바라보던 들판의 푸름이 눈에 선한 것을 보면. 난 아직도 여행을 마치지 못했나 보다. 다행스럽게도 사진은 그날의 시간으로 돌아가는 역할을 해준다. 신비롭게 만들어진 구름의 모습이 얼마나 황홀했던지. 처음 본 구름의 모양 앞에 난 잠시 숨을 멈춰야 했다. 얼마나 아름다웠던지. 얼마나 심장이 뛰던지. 이날의 바람과 이날의 햇빛은 그야말로 아프리카의 생명을 느끼기에 충분했다.

숨을 멈춘 채 누른 셔터는 바로 심장에 저장되는 듯한 착각이 들 정도였다. 난 정말 얼마나 행복한 순간을 맞이하고 있는지. 난 정말 얼마나 행복한 사람인지. 그렇게 이날의 감격은 끝없이 달려온 나를 축복하는 듯했다. 잠베지강의 작은 마을에 사는 꼬마 녀석의 호기심어린 눈망울. 나와 소년은 아주 짧은 시간에 서로를 받아들이고 있었다. 눈이 마주치고 마음이 열리는 시간이 그렇게 길게 필요치 않았다. 그래, 난 너를 좋아해. 마음으로 대화를 건네고 눈으로 화답하는 소년의 마음을 받았다. 사람을 만나고 그 가슴에 나를 저장시키는 것. 여행이 주는 특별한 행복이다. 적어도 나에겐 그렇다.

나는 여전히 멈추지 못했다

잠베지강의 상류가 시작되는 아프리카 잠비아의 작은 도시에 있는 박물관에서 콜라를 마시던 관리인 할아버지의 모습을 순간적으로 카메라에 담았다. 강렬한 빨간색의 모자가 참 인상적이었고 목마름이 나와 같음을 느꼈다. 모두가 잠든 것 같은 새벽 시간, 내 방 컴퓨터에 앉아 있는 이 시간이 아직 낯설다. 바로 며칠 전에 나는 아프리카의 끝없는 초원 위를 달리고 있었는데. 그 낮은 구름과 뜨거운 태양과 낯선 사람들 속으로 달려 들어가는 뜨거운 내 심장과 시선은 고요해졌다. 난 아직도 뜨거운 심장을 헐떡거리고 있을 것 같은데. 여행을 마치고 돌아오면 한동안 그곳의 향기를 떨쳐내기가 쉽지 않다. 길을 걸을 때도, 자동차를 운전하고 길을 나서도 난 아직 낯선 도시에 와 있는 착각을 한다.

나의-여행은 아직 끝나지 않았음을. 나의-바람은 아직 멈추지 않았음을. 나의-시간은 여전히 같은 곳을 향해 달려가고 있음을. 오랜만에 돌아와 처음 방문을 열었을 때 느껴지는 고독함은 아무리 많은 시간 반복되어도 익숙해지지 않는다. 언제쯤 당연하고 언제쯤 아무렇지도 않게 방문을 열 수 있을까. 글쎄, 이렇게 살아가는 것이 나에게 주어진 운명이라면…

수고했어

하루 일과를 마치고 집으로 돌아가는 사람들.

그들 앞에 하루를 마무리하지 못한 태양이 있다.

가슴으로 들어오는 태양을 안고 걸음을 옮긴다.

오늘 하루도 수고했어.

그 빛이 위로다.

그땐 왜 몰랐을까?

끝없이 펼쳐진 마다가스카르의 들판을 달리면서 맞이하는
석양은 황홀하다.
고개를 돌리면 보이는 그 모든 것들이 평화로웠던 날.
시간도 나의 마음도 이미 멈춰버린 것을.
그땐 왜 몰랐을까?
내가 그렇게 행복한 여정 중심에 있었다는 것을.

나일강을 아시나요?

수단의 수도 하르툼에서 바라본 나일강의 모습. 우간다의 빅토리아 호수에서 발원하는 화이트나일과 에티오피아의 바히르다르에 있는 타나 호수에서 발원하는 블루나일이 흘러 수단의 수도 하르툼에서 서로 만나 하나의 나일강이 되어 흘러간다. 다리 위에서 내려다보면 두 가지의 다른 물색이 합쳐지는 모습을 볼 수 있다. 나일강의 길이는 6,700km로 전 세계에서 가장 길이가 길고 10개국 1억6,000만 명 이상의 사람들이 이 강물에 의지하며 살아간다고 한다.

사실 많은 사람들이 나일강이 어디서부터 시작되는지 알지 못한다.

나도 아프리카를 여행하기 전까지 나일강에 대해 무지했다. 에티오피아 여행 중 블루나일 폭포를 보면서 블루나일이 이곳에서부터 시작된다는 사실을 알게 됐다. 에티오피아와 우간다에서 출발해 흘러온 나일강의 합류를 보면서 묘한 감정이 든다. 규모가 작고 물색이 다르지는 않지만 국내에서는 양수리의 두물머리가 이런 류의 합류 지점이다. 남한강과 북한강이 만나 하나의 강이 되어 한강으로 흘러가는 곳이 바로 두물머리다. 글을 쓰다 보니 갑자기 두물머리에 가고 싶어진다. 이런저런 생각 다 내려놓고 바람이나 쐬러 가야겠다.

지워지지 않는 이야기

비 오는 날

이날, 골목 안으로 갑자기 비가 엄청 쏟아졌다.
사진을 찍는 내내 착잡했던 시간.
시간이 한참 지난 지금도 이 사진을 보고 있는데 아련하다.
때론 한 장의 사진이 그날의 모든 상황들을 기억하게 한다.
네팔에 도착하면서 느꼈던 개인적인 감정과 현실까지도.
어쩌면 거칠게 비가 내려서 더 많은 것들을
기록할 수 있었는지도 모른다.

마음을 찍는다

사진을 담을 때 눈을 마주치지 않으면 진심이 아니다.
서로의 신뢰와 진심이 통할 때 진짜 사진이 된다.
꼭 절대적으로 많은 시간이 필요한 것은 아니다.
마음을 여는 데 걸리는 시간은 단지 몇 초면 충분하니까.
사람을 만날 때 문을 여는 것이 아니라
항상 마음의 문을 열어두면 사람이 내 안에 들어온다.
사진을 찍지 말고 마음을 찍는 것,
바로 사람에 대한 이야기다.

photo essay 206

마음에
새겨지는 사진

사진이 말을 걸 때가 있다.
한참을 바라보고 또 봐도 난 이 사진이 좋다.
이유?
그런 것 없다.
그냥 이 사진이 난 좋다.
사진가에게 그런 사진이 있다.
가끔씩 마음에 새겨지는 사진.
이 한 장의 사진은 그 날의 시간여행을 기억하게 했다.

1997 NEWYORK

이 사진에는 2001년 911테러 이후 사라진
쌍둥이 빌딩이 담겨 있다. 사진은 역사를 기
록하는 작업이다. 허드슨 강가에서 바라본
쌍둥이 빌딩이 있는 맨해튼. 왠지 숙연해지
는 마음에 한참을 바라본 사진이다. 사진을
정리하면서 사라진 것들과 남아 있는 것들
을 발견하게 됐다.

23년의 세월은 나도 뉴욕도 많은 것들을 바
꿔놓았다. 그 바뀜이 주는 것은 결국 시간을
되돌려보게 한다. 나에게 1997년은 방황으
로 가득한 혼돈의 시간이었다. 그 방황의 시
선으로 본 그날의 기록들은 여전히 나에겐
기억되어 있다.

photo essay 210

무지개 너머에는
행운이 있다

자동차로 프랑스 파리 외곽 도로를 달리는 도
중에 나타난 무지개. 급하게 차를 세우고 사
진을 찍었다. 이렇게 온전한 모양의 무지개를
보는 건 쉽지 않은 일이었다. 막연히 무지개
를 보고 들었던 생각. 행운이 올 거라 생각했
다. 그날 이후로 내게 행운이 더해졌는지도
모르겠지만 무지개를 만난 순간만큼은 그런
기분이었다. 우리에게 무지개는 언제나 그런
존재다. 아주 짧은 시간에 왔다가 사라지는,
그래서 더 아련한 것은 아닐까?

photo essay 212

사진을
찍는 순간

거리를 걷다 보면 카메라를 들고 다니는 사람들을 많이 본다. 난 가끔 그들의 시선을 관찰할 때가 있다. 나와 같은 곳을 공유하지만 다른 시선으로 세상을 바라보는 사람들. 그들의 시선이 궁금하기도 하고 그들의 표정도 궁금하다. 그러다 내 눈에 보인 재미난 포즈. 반려견을 가슴에 안은 채 무거운 카메라를 한 손으로 잡고 사진을 담는 남자의 모습. 사랑스럽다는 표현이 어울릴지 모르나 순간 나는 그런 느낌이 들었다. 사진이 즐거워지는 순간이다.

회상

파리에 가고 싶다. 23년 전 내 여행의 처음이었던 곳. 무던히도 외롭고 쓸쓸했던 그 도시의 차가움. 아마 가을이기 때문이었을 것이다. 낙엽이 생을 다하는 계절이어서 그렇게 탁한 그리움이 몰려왔는지도 모른다. 바람에 흩날리는 낙엽들의 이별 소리를 들으며 걸었던 그날의 감정들. 파리에서 내가 간직하고 돌아온 것은 다시 떠날 용기였을 것이다. 마음껏 그리워하고 마음껏 외로웠던 도시. 그토록 간절한 추억이 있어서 더 매력적인 이 도시에 가고 싶다. 온종일 걷고 또 걸어도 지치지 않던 그 열정의 시간이 나에게 남아 있을까?

그 무겁던 내 몸보다 더 커다란 배낭을 짊어지고 다닐 열정이 나에게 남아 있을까? 기차역 플랫폼에서 한없이 다음 행선지로 향하는 기차를 기다리던 시간. 내가 올라탄 것은 기차가 아니라 내 스스로의 열정이었을 거다. 참 다행이었다. 그 여행이 혼자여서. 그 여행을 다시 떠나야겠다.

세상살이

기댈 곳이 없는 슬픔을 건너보지 않은 사람은 모른다. 힘겹게
돌아봐도 나를 바라봐주지 않았던 세상의 인연들.
나는 분명 혼자 세상을 살아가야 한다는 사실이 운명처럼 받아
들여졌을 때의 참담함. 어차피 인생은 혼자라고 몇 번을 되뇌
어도 적응이 되지 않는다.
어느 날 스스로 누군가의 언덕이 되어야겠다고 생각한 시간들.
그렇게 건너온 세월이 있었기에…
오늘도 나는 나를 믿으며 스스로 나를 격려하면서 살아가는 방
법을 배운다. 사진만이 나에게 위로였음을.

When New Orleans was the Capital
of the Spanish Province of Lui-
siana.
1762 — 1803
This street bore the name
CALLE D SAN LUIS

한동안 잊고 있었다. 나의 꿈은 사진으로부터 시작되고

사진에서 끝나야 된다는 것을.

다시 이어가야 한다.

희미해진 그 연결고리를 다시 찾아 떠나야 한다.

희망의 손짓

2005년 아마존에서 붉은 석양을 바라보며 나는 왜 여기에 있지? 라는 질문을 수 십 번 되뇌었다. 감정의 골이 뒤틀려 심장이 오그라드는 외로움도 사진이라는 절박한 희망 하나로 버틸 수 있었다. 내가 수없이 많은 길들을 걷고 바삭하게 마른 눈물을 뚝뚝 떨구면서도 놓지 않았던 희망의 손짓은 오직 차가운 카메라 서터 위에 올려져 있었다. 그날 내가 외롭지 않았다면, 어느 정도의 두려움이 없었다면 나는 그날을 오래도록 기억하지 못할지도 모른다. 요즘 지난 사진들을 정리하면서 내가 잊고 있었던 나의 기나긴 여행을 돌아보는 시간이 많아졌다. 오롯이 사진만이 전부였던 시간들. 그때의 나로 돌아가기엔 지금의 나는 너무 많은 색을 입고 있다. 뒤틀리고 뒤틀려도 견딜 수 있었던 스스로의 선택. 아직은 갈 수 있는 길이 있어서 감사하다. 아직 가슴 뛰는 심장이 있음이 감사하다.

photo essay 226

몽골(차튼족)

너무나 힘들어서 포기하고 싶었던 시간들. 너무나 아름다워서 눈물 나던 시간들. 너무나 행복해서 스스로를 격려하던 시간들. 자연과 하나 되어, 아니 스스로 자연이 되어 살아가는 차튼족 사람들. 이들을 만나러 가는 여정은 나에게 인내를 요구했고. 이들을 만나고 이들과 함께 살아가는 또 하나의 가족인 순록. 다시는 볼 수 없을 것 같은 절박함이 그 힘들었던 시간을 잊게 했다. 도저히 사람이 살 수 없을 것 같은 깊은 산중에 움막과도 같은 천막을 치고 살아가는 사람들. 내가 소유한 것들 중에 필요치 않은 것들이 얼마나 많은지 알게 됐다.

시간이 멈춘 듯,
바람이 멈춘 듯,
모든 것이 정지된 듯한 고요함.
그 안에 존재하는 생명체들이 하루를 마감하는 때. 나도 그들과 함께 숨소리를 줄이며 밤을 맞이한다. 자연과 내가 하나 되는 이 짧은 순간의 멈춤은 긴 호흡을 위한 휴식이다. 마치 내가 자연이 되어 사람을 안듯, 그렇게 조금은 어른이 되어가는 시간. 나는 다시 복잡한 일상으로 돌아와 있지만 그날의 그 시간은 영원히 마음속에 머문다.

추억여행

1995년 처음 몽골에 갔었다. 벌써 25년이란 시간이 지났다. 낮은 구름, 파란 하늘, 끝이 보이지 않는 드넓은 초원. 몽골은 상상했던 것 이상으로 신비로웠다. 나무로 만든 집들이 주는 편안함도 그 당시 내게는 참 인상적이었던 것 같다. 우리로 치면 달동네라 불릴 정도로 가난한 동네에서 아이들을 만났다. 시내가 훤히 내려다보일 정도로 지대가 높은 곳에 위치했다. 그 당시만 해도 낯선 외국인을 보는 게 쉽지 않았을 아이들은 내 존재가 신기했었나 보다.

가까이 오지는 않고 내 주변을 어슬렁거리며 관심을 표하던 개구쟁이들. 난 그날 반나절 가량을 그 아이들과 시간을 보냈다. 시간이 지날수록 아이들은 내게 가까이 다가왔다. 자기들이 하는 놀이에 나를 끼워주기도 하고 물총을 쏘기도 했다.

돌아가야 할 시간, 아이들의 사진을 찍었다. 이별은 언제나 아쉽고 여운이 남는다. 그렇게 나는 아이들과 추억을 쌓고 돌아왔다. 사진은 그날의 시간을 말해준다. 지금은 어른이 되었을 아이들. 그 아이들의 행복한 웃음소리가 들리는 듯하다.

소년의 바다

바다에 사는 아이들에게 바다는 거대한 운동장이자 놀이터다. 태어나면서 운명적으로 접하게 되는 바다에서 아이들은 성장한다. 어쩌면 육지보다 더 자연스러운 바다에서의 물놀이는 아이들에겐 특별한 것은 아닐 것이다. 그러나 그 아이들의 본능적인 움직임을 바라보는 여행자의 시선엔 특별함으로 다가온다. 한없이 자유롭고 한없이 평화스러운 오후, 아이들은 바다에서 어머니의 품을 느끼는 듯하다. 해가 넘어가는 뉴칼레도니아의 오후는 여행자에게도 아이들에게도 휴식의 시간이다. 그 휴식을 바라보며 나도 그들과 같은 평화를 얻는다.

photo essay 232

안개

우리는 마음속에 안개를 품고 산다.
어느 날 안개가 내 안에서 빠져나갈 때,
그때 비로소 내가 가야 할 길을 발견한다.
나는 어디쯤 와 있는 것일까?
50대가 되어서도 정답을 찾지 못한 방황.
아니, 이미 정답을 알고 있는지도 모를 일이다.
내 안에 가득한 안개가 빠져나가길 바라본다.
좀 더 선명한 길을 발견해야 할 때다.
내 스스로의 의심으로부터 자유롭고 싶다.

브로모 화산에 행운을 던지다

하늘과 구름 그리고 신비로운 산.

그 모든 것들이 마음을 잡아 끌던 시간.

내가 여기 있다는 사실이 믿기지가 않았다.

바보처럼 나에게 자꾸만 묻고 또 물었다.

내가 지금 왜 여기에 와 있는 것인지.

지금도 쉼 없이 연기를 뿜어내는 브로모(Gunung Bromo)

활화산에 행운이 온다는 꽃 에델바이스를 던졌다.

나는 어떤 행운을 기대했던 것일까?

이미 내가 여기 있는 이 순간이 나에겐 행운이 아니었을까?

그렇게 나는 바보처럼 행복한 순간을 즐겼다.

카와이젠 화산

낯선 곳에서 만나는 풍광으로 심장이 쿵쾅거려본 적이 있는가? 그런 순간을 맛본 사람은 여행이라는 병에 걸려 길을 떠나는 것을 주저하지 않는다. 그동안 내가 만난 수없이 많은 자연과 사람들. 어느 때는 사람에 감동하고 어느 때는 아름다운 풍광에 감동한다. 아무리 아름다운 풍광도 마음이 아프게 다가오는 곳이 있는데, 이 사진의 배경인 카와이젠 유황 화산이 그런 곳이다. 이곳을 삶의 터전으로 살아가는 사람들의 고단한 삶이 존재하기 때문이다. 정말 열심히 살아야겠다고 다시 한번 마음을 잡게 만든 곳. 살아간다는 그 자체만으로 일이 소중하다는 점을 알게 해준 사람들.

그들이 어깨에 짊어진 유황의 무게만큼이나 내 마음을 짓눌렀던 감정. 나는 이곳에 내 교만과 게으름을 내려놓으며 얼마나 반성했는지 모른다. 그 내려놓음이 언제 또다시 올라올지 모르지만 적어도 저곳에서 내 마음은 그랬다. 열심히 살자! 열심히 살자!

빛나지 않는 길을 오랜 시간 묵묵히

걷다보면 스스로 빛이 되어 그 길을

비추는 사람이 된다! 또한 그 빛을

따라 걷는 사람들이 하나둘 생기고

결국 그 길은 빛나는 길이 된다.

photo essay 240

선택의 순간

멈춰진 시간을 다시 흐르게 하는 건 사람이다.
사람의 온기가 차가운 공기를 따뜻하게 데워준다.
아무도 찾지 않는 엽서대에 다가와 살펴보는 여인 덕분에
엽서는 생기를 얻는다.
선택을 받는다는 것,
사진을 직업으로 선택해서 살면서 겪어야 하는 숙명이다.
책을 출간하거나 사진전을 열면 사람들의 선택을 받아야 한다.
한편으론 두렵고 또 한편으론 설렌다.
선택의 시간에 갇혀 산다는 것은 그래도 행복하다.
열심히 살아온 사람만이 누리는 혜택일지도 모르니까.
결과를 만들어내지 못한 사람에게 선택의 기회란 없다.
만족스럽든 조금은 덜 만족스럽든 결과를
기다릴 줄 아는 사람은 희망이 있다.
분명 최선을 다한 시간들이 있었으니까.
멈추지 않고 길을 가야 할 충분한 이유다.

photo essay 242

베를린에서

나는 왜 그렇게 베를린에 가고 싶었던 것일까? 베를린이라는 이름만으로도 설레고 흔들렸던 감정. 그곳에 도착해서 무료하게 거리를 걸으면서, 카페에 앉아 지나가는 사람들을 보면서, 그리고 버스를 타고 이동하면서 '참 멋지구나'란 생각을 했다. 내가 베를린에서 한 건 작은 카메라를 들고 무작정 거리를 걷거나, 지하철을 타거나, 그도 아니면 카페에 앉아 커피 한잔을 마시는 것이었다. 어쩌면 너무 외로웠던 여행은 아니었을까? 맞아, 나는 베를린에서 참 외로웠다. 시간이 지나 그 당시의 사진을 봐도 그런 느낌이 든다. 그래서 그 시간이 더 소중하게 기억되는지도 모른다.

세상에 혼자 떠나는 여행이 외롭지 않을 수가 있을까? 외로움은 여행을 완성시킨다. 막연히 누군가를 그리워하게 되는 것도 외로워지는 순간이다. 그토록 진한 외로움이 있었기에 난 지금도 베를린을 그리워한다. 외로움은 곧 그리움이니까.

셔터를 누르는 순간

사람을 찍으면서 얼굴에 나타나는 그들의 인생을 읽어보려고 노력한다. 비록 내가 생각하는 것이 주관적으로 바라보는 것이겠지만 파인더에 보여지는 모습에서 작게나마 삶이 느껴질 때가 있다. 몇 시간째 여인의 동작을 바라보고 작은 표정 하나하나 놓치지 않으려고 시선을 고정시켰다. 왜 그렇게 마음에 와닿았는지는 모르겠지만 본능적으로 여인을 담고 싶었다. 카메라에서 보여지는 모습은 특별하다.

눈으로 직접 보여지는 것보다 더 깊고 생생하게 느껴지는 찰나의 순간들. 사진을 찍는 순간은 너무나 짧고 간결하게 끝난다. 그러나 그 순간까지 가는 시간은 쉽지 않다. 몇 분이 걸릴지, 아니 몇 시간이 걸릴지 알 수 없다. 그렇게 사진은 오랜 기다림과 짧은 셔터의 순간 동작으로 인해 저장된다. 카메라보다 먼저 가슴에 저장되어질 때 좋은 사진이 된다.

당신은 어떤 마음으로 셔터를 누르는가?

잊혀 지지 않는 그리움

사진은 이성보다 감정이 앞설 때 좋은 사진이 된다. 필리핀 피나투보 분화구를 보고 내려오는 길에 들른 아에타 부족 마을. 피나투보 화산으로 인해 삶의 터전을 잃고 고향을 떠나 살다가 다시 자신들이 태어난 곳으로 돌아온 사람들. 오래 전부터 이 땅의 원주민인 이들은 현재 작은 부족으로 전락했다. 사람이 살기 어려운 척박한 산간 지역에서 전통을 지키며 옛날 방식으로 살아가고 있다.

분화구에 올라갈 때는 맑던 하늘이 내려오면서 흐려지기 시작하더니 빗방울이 하나둘씩 떨어진다. 비를 피하기 위해 들어간 마을에서 만난 노인의 모습을 보면서 내 아버지를 떠올린다. 왜 그렇게 눈빛이 슬퍼보이던지 가슴이 먹먹해지기 시작했다. 셔터를 누르는 내내 떠오르던 아버지에 대한 그리움. 눈가에 고여 있는 물기는 자식들의 아픔을 씻겨주던 고단함이 아닐까? 마을을 떠나오면서 자꾸만 뒤를 돌아보게 만든 나의 아버지들. 오래도록 건강하시길 기도합니다.

희망을 부르는 소리

지진이 모든 걸 앗아간 아이티. 아무런 희망도 없을 것 같던 황량한 건물 너머로 음악이 들려왔다. 모두가 침울해하고 있던, 생명이라곤 존재하지 않을 것 같던 무너진 건물 안에서 기타 소리가 들려왔다. 낮은 목소리의 노래 소리와 함께 들려오던 기타 소리는 희망을 얘기하는 것 같았다. 소리가 들리는 곳에서는 젊은 청년이 선 채로 기타를 연주하고 있었다. 아무도 들어주는 이 없는 곳에서 청년은 무표정한 얼굴로 기타를 연주했다.

음악이 주는 힘은 참 대단하다. 황량해져가던 내 마음이 순식간에 촉촉해지기 시작했으니… 한참을 그 자리에서 청년의 기타 연주를 들었다. 그리고 이 땅에 희망이 생겨나기를 기도했다.

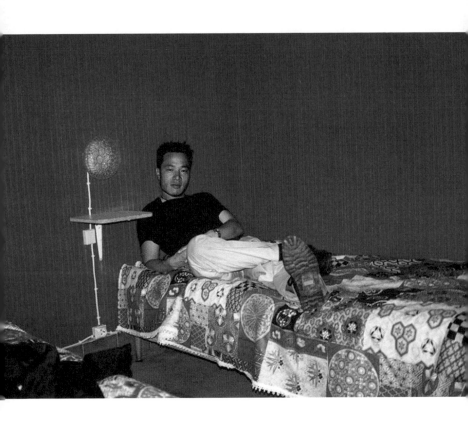

27년 전 모나코에서의 열정

1993년 이탈리아 밀라노에서 프랑스 니스로 가는 기차에 몸을 실었다. 아무런 사전 정보도 없이 그렇게 탔던 기차에서 걱정과 두려움 그리고 설렘을 동시에 느꼈다. 그 아름답다는 니스 해변에서 햇볕에 몸을 태우고 카페에서 차를 마시다 우연히 눈길을 사로잡던 포스터 한 장. 그것은 다름 아닌 세계적인 자동차 대회인 F1경기가 모나코에서 열린다는 포스터였다. 그것도 니스 바로 옆 동네인 모나코에서 열린다는 사실에 가슴이 뛰기 시작했다. 특별한 일정이 있어 니스에 온 것이 아니었기에 바로 배낭을 챙겨 모나코행 기차를 탔다. 그리고 작은 게스트하우스에 방을 잡고 모나코를 탐닉했다. 지금도 그렇지만 그 당시도 F1경기를 관람하는 것은 유럽인들에겐 로망이었다. 거리는 이미 온통 축제로 변해 있었다.

모나코에서는 경기장이 따로 있는 것이 아니라 일반적으로 사용하는 도로를 통제해서 만든다. 해안가를 끼고 달리는 모나코에서의 F1경기는 그야말로 낭만의 상징이었다. 난 그 경기장에 들어가고 싶었다. 그것도 관람객이 아닌 촬영하는 입장으로 말이다. 일단 경기장으로 찾아갔다. 그런데 입구부터 경비가 여간 철저한 것이 아니었다. 아무래도 세계적인 국제대회이다 보니 신원 확인이 철저했다. 몇 마디 알고 있는 어설픈 영어로 나를 설명했다. 나는 한국에서 온 사진기자인데 촬영하러 왔다. 그러나 사전에 취재 요청을 한 언론사만 출입이 가능하다고 문전박대했다. 그렇다고 그냥 물러나기 싫어서 앞에서 몇 시간을 주저앉아 있었는데 일본 기자들 3명이 왔다. 그들에게 내 사정을 이야기했더니 같이 들어가자는 것이었다. 다행히 나를 아는 근무자가 교대되어 새로운 사람이 자리를 지키고 있었는데 동양인인 나를 일본 취재진과 일행으로 알고 보내준 것이다. 그런데 문제는 거기서 끝난 게 아니고 프레스센터였다.

촬영하기 위해서는 아이디카드를 발급받아야 하는데 일일이 신원을 대조하고 나서야 아이디카드를 발급했다. 아무리 생각해도 마땅한 방법이 없었다. 그렇다고 여기까지 와서 포기하고 싶지는 않았다. 일단 담당자에게 한국에서 온 기자라고 거짓말을 했다. 그런데 실수로 예약을 하지 못하고 왔는데 한국에서 온 사람이 나 혼자밖에 없지 않느냐, 그러니 촬영할 수 있는 기회를 달라고 사정했다. 그러나 담당자는 냉담하게 예약자 명단에 없으면 절대 안 되니 돌아가라는 것이었다. 망연자실한 채 세 시간가량을 그 자리에서 떠나지 않았다. 그리고 기회가 될 때마다 찾아가서 사정을 설명했는데, 옆에서 그런 모습을 지켜보고 있던 다른 직원이 몇 시간째 사정하는 내 모습이 안 돼 보였던지 이번 한 번은 기회를 줄 테니 다음부터는 꼭 사전 취재 신청을 하고 오라는 것이었다. 결국 프레스센터 도착 세 시간 만에 그렇게 원하던 내 이름이 선명히 찍힌 촬영용 아이디카드를 받았다. 이 아이디카드가 내 생애 첫 번째 카드였다.

그 이후 한국에서 수없이 많은 아이디카드를 발급받았지만 이때 받은 아이디카드만큼 소중한 것은 없다. 난생 처음 F1자동차대회를 촬영하게 됐고 한국에 돌아와 자동차 잡지에 처음으로 돈을 받고 사진을 제공하는 계기가 됐다. 지금 생각하면 참 무모한 일이었다.

그러나 나는 도전해보지도 않고 포기하는 것이 더 무모한 삶이라고 생각한다. 27년 전 모나코의 작은 숙소에 머물던 이 한 장의 사진은 내 열정의 시간을 추억하는 선물이다.

좋은 여행

좋은 여행은 오랫동안 그곳을 기억하게 한다. 이
번 라오스에서의 시간들이 나에겐 그런 느낌이었
나 보다. 돌아와서도 자꾸 생각나 사진을 들추는
것을 보면. 나뿐만이 아니라 함께했던 사람들도
아직 그곳에서 벗어나오지 못하는 것 같다. 그런
감정을 가질 수 있다는 것, 좋은 여행이 주는 선물
이다. 분명 그 그리움이 다음 여행을 떠나게 할 거
라 믿는다.

다시 그들을 만나고 그들과 익숙한 눈인사를 나
누며 정을 느낄 수 있는 여행. 그런 여행은 흔치
않다. 그래서 이번 여정이 특별하게 다가오는 것
같다. 무료한 라오스의 일상에서 느끼는 특별한
시간들. 좋다. 그들의 순박한 미소가.

살아가는 것

산다는 것, 살아간다는 것. 그렇게 나를 세상 속으로 밀어 넣으며 살아왔다. 내가 살아온 시간, 타인이 살아온 시간과는 어떤 차이가 있을까? 마른 눈물이 나올 만큼 오랜 시간 외로워봤고, 처절하게 가난할 만큼 가난해봤고, 누구에게도 털어놓지 못할 아픈 기억들을 안고 살아왔다. 가장 가까운 가족들조차 모르는 나 혼자만의 고통들. 그리고 포기할 수밖에 없었던 소중한 사랑. 혼자 살아갈 수밖에 없는 운명이라고, 그렇게 사는 것도 나쁘지 않다고 수없이 되뇌던 시간들. 언젠간 이 고단한 길이 끝날 거라고 스스로 위안을 했다. 내가 지금 하는 이 고백들은 세상을 향한 사랑으로 바뀌어가길 바라는 마음에서다. 그렇게 살지 못했다면, 어떻게 사람들을 가슴에 품었을까? 물론 그렇지 않은 사람들도 있겠지. 그러나 나는 내가 걸어온 고단했던 길이 사랑으로 가는 걸음이었음에 감사한다. 누구보다 가슴 뛰는 시간들이었다. 그렇게 같은 길 위에 서 있는 나를 격려한다.

photo essay 258

지극히 인간적인

잠깐이라도 이렇게 웃을 수 있기를.

카메라 앞에서 이렇게 맑은 웃음을 보여준 사람들.

라오스에서 만나는 사람들에게서는 향기가 난다.

인간적인, 지극히 인간적인 그들의 향기.

그 고운 향내가 그리운 날.

선물, 그리고 인연

여러 가지 선물을 담기 위해 준비한 여행 가방을 마지막 날 가족사진 촬영을 마치고 그곳의 어머니께 선물로 드렸다. 사실 이 가방은 동네에서 누가 버린 것을 주워서 보관하다가 이번에 가져간 것이다. 디자인과 상태가 좋아 좋은 선물이 될 것 같아 나눔에 필요한 물건을 담아 들고 갔는데 역시나 좋아하신다. 우리에겐 버려지는 것들이 이분들에겐 귀한 살림도구로 사용될 것이다. 주변의 부러움을 한 몸에 받은 여인의 모습에서 늘 그렇듯 내 어머니를 떠올린다.

가방을 전달하기 전 옆에 있던 동료가 묻는다. 이 가방 누구에게 줄 거예요? 난 망설임 없이 처음부터 이분을 생각했었다. 이유를 알 수 없는 편안한 모습이 마음을 움직였던 것 같다.

돌아오는 마음과 몸이 가볍다. 등 뒤로 들려오던 사람들의 인사소리, 잘 가세요...!!

차가 떠날 때까지 시선을 멈추지 않던 마을 사람들. 가슴으로 인사를 나눴다. 진심이 전달되는 만남은 시간의 길이가 꼭 필요한 것은 아니다. 오늘의 인연이 나를 또 한 번 성장시킨다.

라오스에서의 시간들

라오스에서 돌아왔다. 방금 전까지 몽족 아이들의 웃음소리가 들리던 곳에 있었는데. 마치 타임머신을 타고 온 듯 아무렇지 않게 내 일상으로 돌아와 있다. 나기 전의 설렘과 돌아와서의 그리움이 버무려지는 감정. 난 이감정이 사람에게 주어진 최고의 선물이라고 생각한다. 그리워 할 수 있고, 애틋하게 보고 싶어지는 느낌. 마을에서 가족사진 촬영을 마치고 돌아오면서도 쉽게 발걸음을 떼지 못하던 사람들. 떠나는 우리에게 못내 아쉬워 한 땀 한 땀 정성으로 만들었을 작은 지갑을 집에서 가져와 내밀던 손길. 그 아쉬운 마음을 어찌 잊을 수 있을까? 그것은 분명 사랑이다. 잠시나마 나눈 정과 마음을 떼지 못하는 사랑. 말 한마디 통하지 않지만 눈물로 배웅하던 그 여인의 마음을 기억한다. 세상이 팍팍하다고 말하는 사람들은 세상을 제재로 살아보지 못해서이다.

우리의 손을 조금만 뻗으면 사랑으로 넘쳐나는 눈빛들을 만날 수 있는데. 가족사진을 찍으러 온 사람들. 어쩌면 이들에겐 익숙하지 않은 이 작은 행사가 이들의 웃음을 불러왔다. 오랜만에 가족과 손을 나란히 앉아 마음을 나눈다. 그리고 인화된 사진이 담긴 액자를 받아든 사람들의 표정. 이렇게 작은 나눔은 행복이 되어 다시 돌아온다. 라오스에서의 4박 5일 117 가족에게 사진을 선물했다

루앙프라방

여행자들에게 동남아에서 다시 가고 싶은 곳이 어디냐고 묻는다면 주저 없이 라오스의 루앙프라방을 선택한다. 루앙프라방은 도시 전체가 박물관이라 할 정도로 많은 전통 건축물과 유적들을 가지고 있다. 또한 19~20세기에 프랑스 식민 지배를 받았던 흔적도 도시 곳곳에서 만날 수 있는데, 라오스의 전통 건축물과 식민지 시대 건축물이 절묘한 조화를 이루고 있어 흥미로운 곳이다.

이곳에서는 무엇을 하는 것이 아니라 아무것도 안 하고 쉬는 것이 가장 좋은 여행 방법이다. 삶에 지친, 여행에 지친 몸과 마음이 쉬어가는 곳이 바로 루앙프라방이다. 너무나 조용해서, 너무나 잔잔하고 평화로워 자칫 심심할 것 같은 이곳에서 우리는 얼마나 바쁜 일상을 살아왔나 돌아보게 된다. 아무것도 안 하며 모든 긴장을 내려놓고 어슬렁어슬렁 마을을 걸어 다니는 여행자들, 작은 스쿠터를 빌려 마을 근교를 돌아다니는 여행자들, 먹거리가 풍부한 골목 식당에서 원하는 음식을 저렴한 가격에 마음껏 즐기는 여행자들, 밤이면 야시장에서 더위를 식히며 분위기 좋은 카페에서 시원한 차 한잔으로 낭만을 이야기하는 여행자들. 이곳은 여행자들도, 이곳에서 살아가는 사람들도 모두가 그렇게 서로 닮아가는 듯하다.

특별한 곳을 원하는 여행자에게 루앙프라방은 어쩌면 심심한 곳일지도 모른다. 그러나 진정한 쉼이 있는 여행의 의미를 생각해본다면 이곳은 천국이 아닐까? 우리는 너무 치열하게 인생을 살아가고 있다. 그 치열함에서 잠시 벗어나 멍 때리는 여행을 즐겨보는 것은 어떨까? 그것이 진짜 여행이 주는 의미가 아닐까?

나에겐 이 한 장의 사진이 엄청난 행복감을 선물
했다. 오후의 찬란한 빛과 낚시하는 소년의 행복
한 미소가 덩달아 나를 행복하게 했으니까. 마치
어린 시절 내 모습을 너무 닮아서일지도 모른다.

최고의 선물

사진을 담을 때 순간 가슴이 뭉클해질 때가 있다. 셔터를 누르는 손이 부르르 떨리기도 하고 심장이 두근거리기도 하는 그런 느낌. 그렇게 심장이 뜨거워지는 느낌을 받으며 촬영하는 사진은 사진가에겐 최고의 선물이다. 아무리 많은 곳을 다니고 아무리 많은 사진을 촬영해도 그런 순간은 자주 오지 않는다. 그런데 이번 라오스 방비엥에서 만난 이 한 장의 사진은 내 심장을 뜨겁게 했다. 그렇다고 이 사진이 모든 사람들에게 엄청 좋거나 훌륭하다고 말할 수는 없다. 지극히 개인적인 나만의 느낌이 들어간 사진이니까. 나에겐 이 한 장의 사진이 엄청난 행복감을 선물했다. 오후의 찬란한 빛과 낚시하는 소년의 행복한 미소가 덩달아 나를 행복하게 했으니까. 마치 어린 시절 내 모습을 너무 닮아서일지도 모른다. 나도 저만한 나이 때 늘 낚싯대 메고 동네 저수지에서 살다시피 했으니까. 이 사진은 나에게 추억을 선물한다. 오랫동안 잊고 지낸 내 어린 시절 꼬마로 돌아가는 타임머신과도 같다. 그래서 나에겐 이 사진이 소중하다. 이래서 사진이 좋다. 기억에서 잊혀져가는 나를 찾아주기도 하니까.

감동이 오기 전에 셔터를 누르지 마라!!

이제는 이런 사람을 만나야한다

이런 모습을 보면서 카메라 셔터를 누르고
이런 모습을 보면서 참 많이도 부러워하면서도
정작 내 자신은 이런 모습으로 살아갈 자신이 없으니.
내가 꿈꾸는 사랑이,
내가 만나고 싶은 사랑이,
내가 포기하지 않고 기다려온 내 인연이,
언제 나와 연을 맺을지는 알 수 없지만 그래도 기다려야 한다.
욕심을 버려야 한다고 다들 말하지만 나에게 사랑은
그렇게 쉽지 않다.
나누고 싶을 때 그 대상이 없다는 것은 슬픈 일이다.
울고 싶을 때 얼굴을 묻은 채 울고 싶은 편한 무릎이
없다는 것도 슬픈 일이다.
그의 무릎이 젖을 만큼 내 눈물을 적시며 울어도 되는
그런 편한 사람이 있었으면 좋겠다.
기다림에 끝이 있을까?
외로움에 끝이 있을까?

대화

그냥 좋은 여운.
그날의 시간이,
그들을 바라보면서 따뜻하다는 생각을 했다.
먼발치에서도 들릴 것만 같았던 이들의 대화.
사람과 사람의 대화가 참 좋았다.

위대한 사랑

함께한다는 것,
같은 길을 걷는다는 것,
같은 마음이 모여 삶을 나누며 산다는 것,
얼마나 아름다운가?
노부부의 모습을 한참 동안 바라본다.
가슴이 먹먹해진다.
위대한 사랑은 대단해서가 아니라 '언제나 함께여서' 라는
생각을 해본다.
얼마나 오랫동안 함께 했던 것일까?
백발의 노부부지만 멋스럽게 커플룩을 맞춰 입고
여행을 다니는 부부.
내가 하지 못했던 사랑.
내가 할 수 없었던 사랑.
그 사랑이 너무 아름다워서, 존경스러워서 시선을 떼지 못한다.
오래오래 행복하시길.
오래오래 손 놓지 마시길.
꿈꿔본다.
저들의 깊고 깊은 사랑을…

배롱나무에
비가 내리다

시간이 지날수록 한 장의 사진을 마음에 저장하는 게 쉽지 않다.
나이가 더 들어가면 더 어려워지겠지?
어쩌면 당연한 수순 아닌가 싶다.
어려워진다는 건, 익어간다는 뜻이기도 하니까.
사진도, 마음도 그렇게 성숙되어가는 계절이 오고 있다.

더운 날 베롱나무에 내리는 시원한 빗줄기를 보며
눈으로나마 더위를 식혀본다.

갤로퍼, 마다가스카르로 떠나다

지난해 갤로퍼 중고차를 구입해 튜닝을 했다. 2년 전 처음 마다가스카르에 자동차를 보내면서 했던 시행착오들을 줄이기 위해 그곳에 가장 잘 맞는 자동차를 찾았는데 그 차가 바로 갤로퍼 수동이었다. 중고 자동차 사이트에서 찾은 이 차는 대구에서 올라왔다. 8개월이 넘는 동안 전체적인 수리를 했고, 현지에서 사용하기 좋게 2.5인치 리프트업을 하고 그에 맞게 타이어와 휠을 교체했다. 아프리카에서는 자동차에 짐을 많이 싣고 다니기에 사다리와 지붕 캐리어를 장착했다. 오래된 자동차의 특성상 시트가 지저분해 어렵게 가죽시트와 실내 방음도 진행했다. 아마도 마다가스카르에 있는 갤로퍼 중에 가장 깨끗한 차가 아닐까?

이 자동차는 마다가스카르 모론다바에 있는 '꿈꾸는 도서관'에 기증된다. 두 달 후면 마다가스카르 번호판이 장착되고 가장 필요한 곳에 잘 사용될 것이다. 그동안 정이 들었던 것일까? 왠지 기분이 싸하다. 차를 처음 가져오고 나서부터 지금까지의 과정들이 주마등처럼 스쳐 지나간다. 그래도 마다가스카르에 가면 내 발이 되어줄 나의 차가 있다는 사실이 좋다. 자동차를 보내는 일은 나에겐 오랜 꿈이었다. 쉽지 않은 일이지만 여건이 허락되는 한 이 프로젝트를 계속하고 싶다. 혹시라도 마다가스카르에 여행 가실 분들은 이 차를 렌트하면 좋을 것 같다. 그 수익금은 꿈꾸는 도서관 운영비와 운전기사 월급으로 사용할 계획이다. 하나의 꿈이 실현될 때마다 힘이 들지만 그에 못지않은 벅찬 감정들이 몰려온다. 오늘, 그런 날이다.

photo essay 278

나는 어디쯤 가고 있는 걸까?

눈 내린 겨울바다가 보고 싶어 찾아간 동해안.
해안가에 내린 눈을 파도가 씻어가 버렸다.
파도가 왔다간 흔적을 고스란히 남겨둔 하얀 바닷가.
그 바다를 바라보며 촌스럽게 외쳤다.
"난 왜 여기에 와 있는가?" 그리고 또 다시 외쳤다.
"나는 이제 어디로 가야 하는가?"
"나는 이제 어떻게 살아야 하는가?"
50이 훌쩍 넘는 나이가 되었어도 정리되지 않는
미래에 대한 생각.
뭐가 그렇게 불안한 걸까?
한 번도 가져보지 않았던 생각들이 자주 떠오른다.
그래, 나이가 들었다는 것일 게다.
나는 잘 살아온 걸까?
그리고 앞으로는?
생각이 많아진다.
거칠 것 없었던 젊음을 떠나보낸 사람들이 갖게 되는 생각들.
그렇게 나도 나를 스스로 위로해야 하는 나이가 되었다.

고양이와 나

골목에서 고양이와 마주쳤다. 갑자기 나타난 고양이에 놀라고 갑자기 나타난 사람에 놀라고. 당황할까봐 가던 걸음을 멈춰 섰다. 그리고 자리에 앉아 고양이를 바라봤다. 눈이 마주쳤다. 눈을 깜빡이면 친근함을 표시하는 거라는 이야기가 생각났다. 작은 눈을 크게 뜨고 몇 번 눈을 깜빡였다. 그런데 아마도 고양이에게는 눈을 부릅뜬 것처럼 느껴졌을지도 모르겠다. 워낙 눈이 작아서 크게 뜬다는 것이 그만 부릅뜬 눈이 되고 말았다.

고양이의 행동이 참 독특하다. 나와 눈이 마주치면 무심한 듯 먼 산을 바라보는 시늉을 한다. 그리고 내가 다른 곳을 보면 다시 나를 바라본다. 그렇게 같은 동작들의 반복. 나에 대한 고양이의 관심이 느껴진다. 그렇게 자리에, 바닥에 앉아 10여 분이 넘도록 고양이와의 밀당. 사실 그동안 고양이에 관심이 많지 않았는데 이날 이후로 거리의 고양이들을 보면 나도 모르게 인사를 나눈다.

photo essay 282

어머니를 만나러 가는 길

어머니는 채송화를 좋아하셨다. 작은 마당 한 켠에 정성스레 뿌려 놓은 채송화 씨앗에서 조물조물 올라오는 작고 여린 꽃. 어머니는 채송화 꽃을 닮으셨다. 욕심 없이 세상을 살다 가셨다. 아니 어쩌면 욕심을 부리는 것이 사치일 정도로 현실이 너무 힘드셨을 것이다. 작고 힘없는 그 몸 하나 지탱하기조차 버거웠던 내 어머니의 삶. 그 시절 그 힘든 삶을 조금이나마 덜어드리지 못한 시간들이 아프다. 하늘나라로 떠나신 지 17년, 내 어머니는 여전히 내 안에 남아 있다.

오늘은 한 번도 마음속에서 떠나보내지 못한 그 어머니가 돌아가신 날이다. 그날의 덜컹거리던 감정을 어찌 잊을 수 있을까?

어머니 기일, 그분을 만나러 가는 날. 살아생전 해드리지 못한 말.

사랑합니다.

사랑합니다.

이제는 할 수 없게 된 말.

사랑합니다.

사랑합니다.

재봉틀(Brother B915, SINGER 6234)

Brother B915

1980년에 생산된 모델이다. 나에게 온 건 5년 전이었다. 인터넷에서 6만 원에 구입해 사용했다. 처음부터 모양새가 '참 예쁘다' 라는 생각을 했다. 오랜 세월이 지났어도 문제없이 작동하는 것도 대견했다. 그동안 바지를 줄이거나 수선하는 데 사용했다. 어릴 시절 집에 수동 재봉틀이 있어 자연스럽게 사용하기 시작했다.

오랫동안 잊고 있다가 5년 전부터 다시 시작한 재봉질. 아무래도 오래된 모델이다 보니 모터의 힘이 약해 불편했다. 다른 재봉틀로 바꿔야 하나? 라는 때에 지인으로부터 귀한 재봉틀을 선물 받았다.

SINGER 6234

오래 전 미국에서 지낼 때 구입하셨다고 한다. 미국 내수용이라 전원이 110V로 되어 있다. 이제 새로운 재봉틀과 친해져야겠다. 오래된 것들은 바라보는 것만으로 감동을 준다. 사용한 사람들의 깊은 삶의 흔적들이 배어 있으니.

photo essay 286

할머니의 바다

작고 가녀린 몸의 할머니는 제방에 앉아 하염없이
바다를 바라봤다. 할머니가 바라보는 바다의 시선
을 따라 한동안 같은 바다를 바라봤다. 무엇을 보
고 무슨 생각을 하는 것일까? 그렇게 같은 자리에
서 망부석이 되어 바라보던 바다는 할머니에게 어
떤 의미일까?
같은 바다를 바라보지만 내가 바라보는 바다와 할
머니의 바다는 다르다. 처음 찾아온 청산도의 바다
는 낯설었지만 할머니의 바다는 평생을 바라본 마
음의 고향이다. 그렇게 하염없이 바다를 바라보던
할머니가 힘겹게 몸을 일으키고서 집으로 들어 갈
때 나도 다시 발걸음을 옮길 수 있었다.

꿈이 있어서

세상에 그냥 살아지는 삶이란 없다. 내 스스로 노력하면서 살아내야 할 뿐이다. 거저 주어지는 삶 또한 존재하지도 않는다. 한 줄의 글을 적지 않고 책이 만들어지기를 기다리는 작가는 없다. 한 장의 사진을 찍지 않고 감동을 기다리는 어리석은 사진가는 없다. 많은 글을 적고 그 중에서 고르고 골라 흰 여백을 채운다. 수없이 많은 사진을 찍고 그 중에 몇 장을 골라 책을 만들어간다. 셀 수 없이 많은 골목을 돌아다니고 들판을 걸으며 사람들을 만나면서 여행자는 여물어가는 것이다. 죽을 것처럼 외로움을 맛본 다음에야 외로운 이들을 격려하는 방법을 알아가는 것이다. 지독한 가난을 경험한 후에야 가난한 사람들의 마음을 어느 정도는 위로할 수 있게 된다. 당장은 아픈 그 과정들이 시간이 지나면 나를 성장시킨다.

나는 내가 걸어온 결코 순탄치 않은 과거의 삶을 사랑한다. 그래서 내가 있기에 더욱 그렇다. 이렇게 당당히 그 과거를 이야기할 수 있는 지금이 나에겐 축복의 시간이다. 이제 새로운 마음으로 세상을 바라보려 한다. 더 따뜻하고 더 아름다운 이야기를 만들어가려 한다. 내 인생의 목표로 삼았던 평생 40권의 책 출간을 위해 노력하려 한다. 그것은 나에게 꿈이다. 처음 사진을 시작하면서 상상하지도 못했던 나의 막연한 꿈. 이제는 현실이 되어가고 있다. 그리고 65세까지 배낭을 짊어지고 세계를 누비며 사진가로 살고 싶은 소망. 그것이 내가 살고 싶은 궁극적인 목표이자 꿈이다.

마다가스카르 카페

벌써 13년이 됐다. 마다가스카르 카페를 오픈한 세월이. 3년만 잘 운영하면 좋겠다고 생각했었는데. 사람만 나이를 먹는 게 아니고 카페도 나와 함께 나이를 쌓아간다. 혼자만의 힘으로 할 수 없었던 일이다. 부족한 나를 믿고 묵묵히 앞에서 뒤에서 밀고 당겨준 분들이 있어 가능한 일이었다. 그동안 얼마나 많은 사람들이 이 공간을 다녀갔을까? 얼마나 많은 사랑들이 카페에서 이뤄졌을까? 얼마나 많은 이야기들이 카페에서 나눠지고 멋진 계획들이 생겨났을까?

사람들이 나눈 여행 이야기, 사진 이야기들을 먹으며 카페는 성장했다. 이렇게 오래 운영할 수 있을 거라곤 생각지도 못했는데 벌써 9년. 이곳이 나의 이야기보다 사람들의 이야기로 채워지길 바랐다. 그래서 추억이 되고 시간이 지나 다시 찾고 싶은 곳으로 기억되길 바랐다. 한국의 카페들이 그렇듯이 몇 년을 버티지 못하고 사라지는 현실. 그러나 마다가스카르 카페만큼은 고목처럼 늘 그 자리에 있는 공간이길 바랐다. 하지만 요즘 자주 생각이 많아진다. 난 언제까지 이곳을 지켜낼 수 있을까? 그것은 비단 경제적인 부분이 아니라 마음의 문제일 것이다.

어쩌면 내 분신과도 같던 공간, 눈을 감고 생각에 잠기면 아련하다. 떠나야 하는 그날이 온다면 난 어떨까? 생각만으로도 가슴이 먹먹해진다. 세상에 영원이란 약속은 존재하지 않는다. 이별은 언제든 예고 없이 찾아오는 것이니까. 언제가 될지 모를 그날까지 최선을 다해야 한다.

지금까지 그래왔던 것처럼 앞으로도 사람들에게 사랑받는 마다가스카르 카페가 되길 소망한다. 이른 아침 오랜만에 카메라에 담아본 카페 안의 모습이 사랑스럽다. 어느 것 하나 내 손길, 내 마음이 닿지 않은 곳이 없으니…

사진은 운명이다

그땐 왜 그랬을까? 사진가가 되지 않을 바에는 그냥 죽는 게 낫겠다는 생각. 그렇게 매일 반복하며 되뇌던 시간들. 상황이 어려워질수록 더 처절하게 외치던 절규와도 같았던 다짐. 그렇다고 대단한 작업을 하는 것도 아니었으면서… 아직까지 대단한 사진 한 장 남기지도 못했으면서. 그렇다고 남들보다 뛰어난 재능도 없으면서. 왜 그렇게 무모하게 나를 벼랑 끝으로 몰아친 걸까?

그렇게 젊은 시절 사진은 나에게 스스로 운명이었다. 죽음과 맞바꿀 수 있다고 생각할 만큼. 지금도 나는 생각한다. 나를 가장 사랑하는 일. 나를 가장 행복하게 하는 일. 그것은 지금 내가 가고 있는 길이라는 것을. 그 길 위에 서 있는 것이라는. 분명 앞으로도 나는 그렇게 같은 곳을 바라보며 살아갈 것이다. 나와 같은 길을 가는 세상의 모든 사진가들에게 깊은 존경을 보낸다.

마음 오는 길

떠남과 돌아옴

바다를 향해 떠나간 모래바람은 다시 육지로 돌아오지 않을 것이다. 몇 십 년 아니 몇 백 년의 시간이 지나면 더 고운 모래가 되어 바람을 타고 날아올라 육지로 돌아올지는 모른다. 다가오는 시간은 너무나 길고 지루한데 떠나가는 시간은 너무나 짧다. 사람과의 인연도 그런 건가 보다. 오랜 기다림 끝에 만난 인연이 순식간에 바람처럼 날아가 버리는 것을 보면… 남아 있는 것은 감당하기 힘든 아린 감정들. 나에게, 우리에게 인연은 무엇인가? 사랑은 무엇인가? 바보가 되어 아무것도 알 수 없으면 좋겠다. 만남의 행복도 이별의 아픔도 모르는 상태가 되면 좋겠다.

바람이 불어와 잠자던 모래를 바다로 실어갔다. 내 마음도 함께 바다를 향해 떠나가는 듯 아련하다. 바라보는 것만으로도 나는 이곳의 풍광에 취했다. 백령도에서 부는 바람은 그렇게 나를 혼돈 속으로 몰아갔다. 아주 아름다운 꿈속의 나라로 떠나는 혼돈의 시간 안에 나를 가뒀다. 여기 서 있음에 나는 무척이나 행복하고 카메라를 든 손은 주체할 수 없는 감동을 표현한다.

송탄(고향)에 가면

송탄에 가면 내가 걷던 추억길이 있다. 이루 헤아릴 수 없이 많은 사연들. 그 사연들은 추억이 되어가고 난 그 기억들을 안고 살아간다. 누구에게나 고향이 존재한다. 어릴 적엔 몰랐던 그 아련한 시절들. 그래서 나도 나이를 먹어간다는 사실을. 가을이 와서 그런 거겠지. 유독 그리운 것들이 많아지는 것을 보면. 고향의 밤거리를 걷는다. 인적마저 끊긴 어두운 밤, 등대처럼 빛나는 공중전화 부스가 반갑다. 거리를 비추는 가로등 불빛이 좋다.

이른 새벽 어스름한 밤길을 걷는다. 내 고향 경기도 송탄(평택)에서 만난 가로등 불빛이 참 따뜻하다. 오래 전 페루의 탄광촌에서 느꼈던 노란 수은등처럼. 어릴 때 내가 뛰놀던 기억들을 간직한 모습들은 많이 변했지만 그래도 난 아직 이곳이 그립다. 자동차를 몰고 송탄 초입에 들어서면서 느껴지는 설렘과 떨림. 언젠가는 고향에 가서 살고 싶은 마음. 어쩌면 너무나 당연한 감정일지 모른다. 내 어머니의 발길이, 자식들을 위한 내 아버지의 처절한 삶의 현장이 있었던 곳. 그래서 더 깊게 각인되어졌을 고향이라는 이름. 좁은 골목길을 나와 집 떠나는 막내아들을 바라보던 그 처연한 어머니의 눈빛. 잘 펴지지도 않는 두툼한 손을 흔들며 조심히 가라던 힘없는 음성. 굽은 허리를 한 손으로 지탱한 채 내가 골목길을 벗어날 때까지 그렇게 기대어 서계시던 담장.

이제 내 어머니의 안부를 받을 수도, 말없이 바라만 보던 투박한 아버지의 눈길을 볼 수도 없다. 막내가 가장 슬픈 건, 형제들 중에 부모님을 가장 짧게 보고 살아야 하는 운명이기 때문이다. 그 어떤 것도 필요 없는 이유. 오늘은, 오늘만은 엄마가 보고 싶다. 하늘나라에서가 아닌 내 앞에 서 있는 엄마가 보고 싶다. 하얗게 센 머리카락마저도 그리운.

손님의 엽서

예정보다 하루 늦게 뉴욕에서 돌아왔습니다. 긴 여행은 아니었지만 의미 있는 시간이었습니다. 시차 때문에 낮잠을 잤더니 정신이 맑아져 잠이 오지 않네요. 잠에서 깨어나 보니 전화가 몇 통 와 있었네요. 경북 봉화에서 자연인으로 살아가는 지인입니다. 반가운 마음에 카페에 들러 잠깐이지만 이야기를 나눌 수 있었네요. 시골에서 살아가는 이야기를 들을 때면 항상 가슴이 뭉클합니다. 사람에 대한 연민이겠지요. 이야기를 나누고 있는데 직원이 손님이 두고 가셨다며 책 한 권을 건넵니다. 1987년에 발간된 존 바에즈(JOAN BAEZ)의 책입니다. 책 안쪽에는 정성스럽게 써내려간 엽서가 들어 있었습니다. SNS에서 제가 존 바에즈 공연을 보러 간다는 글을 접했다고 합니다. 소장하고 있던 책을 카페에 들러 저에게 선물로 놓고 가셨네요. 오늘 느낀 가을바람의 쓸쓸함이 이 한 권의 책과 엽서로 잊혀지고 따뜻한 밤이 되었습니다. 저의 강의를 들었다는 엽서에 적힌 글을 보며 강의에 대한 소중함을 생각합니다. 이 자리를 빌어 감사를 전합니다. 그리고 글씨를 못 썼다고 하셨는데 제가 보기엔 멋진 글씨입니다. 충분히.

뉴욕에서 존바에즈를 만나다

꿈에 그리던 존 바에즈 공연. 그저 바라만 봐도 좋았던 그녀의 목소리, 몸짓. 산다는 것, 다시 한번 생각해본다. 오늘 뉴스로 접한 존 바에즈의 옛 연인 밥 딜런의 노벨상 소식. 묘한 감흥에 젖어든다. 아직도 귓가에 맴도는 자장가처럼 달콤했던 목소리. 오늘 하루가 행복함을 알려준다.

오랫동안 꿈이었던 일. 25년이 넘는 동안 팬이었던 사람. 그의 노래와 그의 삶이 휘청거리던 내 젊음을 지탱해줬다. 존 바에즈(Joan Baez) 그녀를 만나러 뉴욕에 간다. 그의 나이 75세, 아직도 그는 사람들 앞에서 희망을 노래한다. 언젠가는 꼭 그의 콘서트를 보러가겠다고 결심한 지 10년이 지났다. 내 꿈의 한 곳에 소중히 간직했던 소중한 만남. 10월 12일, 그의 노래 앞에 나는 청년 신미식이 될 것이다. 소중히 간직했던 1968년에 발매된 LP를 턴테이블에 올려본다. 뉴욕의 가을에, 존 바에즈의 노래 소리가 내 가슴에 묻히듯 지금 이 순간 나는 그의 콘서트 장 안에 있다.

행복, 그것은 스스로 다가오는 것이 아니라 찾아내고 찾아가는 것이다

마음 오는 길

2020년 4월 24일 초판 인쇄
2020년 5월 06일 초판 발행

지은이	신미식
발행자	박흥주
발행처	도서출판 푸른솔
편집부	715-2493
영업부	704-2571
팩스	3273-4649
주소	서울시 마포구 삼개로 20 근신빌딩 별관 302호
등록번호	제 1-825
값	17,000원
ISBN	978-89-93596-96-0 (03810)